ジョージは魔法の使い方を間違っていた⁉
ョン調査から
波乱万丈の人生～
葉暮銀
Illust.いずみけい

Contents

George
ha
mahou no tsukaikata
wo
machigatteita!?

Characters ✦✦✦

ジョージ・モンゴリ

男性　20歳

エクス帝国魔導団第三隊所属。
魔導成績は攻撃力が低く、最底辺。
落ちこぼれのはずだが、
恋のおかげである能力を
鍛えた結果、最強の魔導師となる。

真っ直ぐドラゴンの顔目がけて発射されたが、
はギリギリのところで氷の矢を避けてしまった!!
ン!!　はたして、倒すことはできるのか!?

なる氷、
身を矢にして貫け、
クルアロー！」
20本の氷の矢が
なんとドラゴン
動揺するジョー

スミレ・ノースコート

女性 21歳

エクス帝国騎士団第一隊所属。
エクス帝国高等学校騎士科卒業。
侯爵家の娘のため立ち振る舞いは優雅。
正義感が強く、品行方正。
才能に溢れ、また努力を怠らない。

サイファ・ミラゾール

女性 ??歳

エクス帝国魔導団長。エルフ。
見た目は25歳くらい。実年齢は
エクス帝国のトップシークレット。
長生きしているためか、思慮深く、
冷静沈着。

ベルク・エバンビーク

男性　42歳

エクス帝国の宰相。
エバンビーク公爵家の現当主の弟。
エクス帝国の屋台骨で。
知略、政治力に優れている。
若い時はエクス帝国騎士団に在籍していた。
外見は細身だが、肉体は鍛え上げられている。

【静謐《せいひつ》
悠久《ゆうきゅう》の
アイ

ダッシュエックス文庫

ジョージは魔法の使い方を間違っていた!?
～ダンジョン調査から始まる波乱万丈の人生～

葉暮銀

序章　日常の壊れる音が聞こえた

現在、俺を傍《はた》から見たら呆《ほう》けているように見えるんだろうが集中力は最大限に発揮《はっき》されている。

魔力を周囲に伸ばしていく。広く、広く。薄く、薄く。

かれこれ4年以上やっていることだ。

…………キタッ!!

お目当ての人が俺の魔力ソナー内に入った。

静謐《せいひつ》で清らかな魔力。

魔力の主はエクス帝国騎士団第一隊所属のスミレ・ノースコート。俺はこの魔力を感じるだけで幸せだ。

スミレさんは今、準備運動を始めたはず。3階の窓から外の修練場を眺《なが》める。

俺の心臓が激しく動き出す。

スミレさんの銀髪が明るく光っている。

髪型は訓練の邪魔になるためにいつもポニーテールだ。

強い意志を感じさせる翠《みどり》色の瞳《ひとみ》。綺麗《きれい》な鼻筋。情感溢《あふ》れる唇《くちびる》。

透き通ったような白い肌《はだ》。引き締まった身体《からだ》。それでいて女性の柔らかさを感じさせる。

スミレさんは剣を振り始める。流れるような動き。見惚《みと》れてしまう。

まさに俺の女神。いや俺の心の嫁。

「ジョージ！　サボってんのか！」

怒声《どせい》をかけられて吃驚《びっくり》して振り返ると、俺の上司であるヨウダ隊長が睨《にら》んでいた。俺の至福《しふく》の時間を邪魔しやがってと思いながらも慌《あわ》てて書類仕事を始める。そんな俺にヨウダ隊長が言葉を続ける。

「サイファ団長がお前を呼んでいる。すぐに団長室に行け！」

サイファ団長が俺を呼んでいる!?　エクス帝国魔導団長がペーペーの俺を？

心当たりが全くないぞ。

何となく感じる恐怖から固まってしまった。ヨウダ隊長からまた怒声を浴びる。

「早く行け！　返事は！」

「りょ、了解しました！」

慌てて大部屋の隣にある魔導団の団長室に向かう。

厚い扉が俺の不安を高める。深呼吸を一つして扉をノックした。応答の声が聞こえたので中に入る。

「エクス帝国魔導団第三隊のジョージ・モンゴリです」

余計なことは何も言わないのが俺の処世術。

部屋にはサイファ魔導団長とゾロン騎士団長の二人がソファに座っていた。エクス帝国軍人の二大巨頭である。

俺は身体が震えてきた。学園を卒業し、魔導団の団員になってから特に活躍をしていない俺にとっては二人とも天上人《てんじょうびと》だ。

魔導団長のサイファ・ミラゾールはエルフの女性である。

緑色の長い髪にエルフ特有の尖《とが》った耳。またエルフなので当然ながら美人でもある。

25歳前後に見えるが、エルフの歳《とし》は外見が当てにならない。実年齢はエクス帝国のトップシークレットだ。

その隣に座っている騎士団長のゾロン・カタノートは36歳の男性だ。

１９０センチを超える巨漢で筋骨隆々《きんこつりゅうりゅう》。威圧《いあつ》感が半端《はんぱ》ない。

サイファ団長が柔和な笑みを俺に向ける。

「ジョージ・モンゴリ、特別任務を与える。詳《くわ》しくはゾロンから聞いてほしい」

特別任務？　俺は無言でゾロン騎士団長に向き直った。

「ジョージ君、騎士団長のゾロン・カタノートだ。よろしく。先月実施された君の魔導成績を見せてもらったよ。特別任務は君が適任と判断した。是非《ぜひ》お願いしたい」

俺の魔導成績？　それはおかしい。俺の成績は平均以下というより最底辺のはず。

疑問に思ったがそれは曖《おくび》にも出さず無言を貫《つらぬ》く。これが俺の処世術。

「君は魔力ソナーの成績が断トツで飛び抜けているね。驚くべきことに有効範囲が３００メトルを超えている。平均で30メトル、優《すぐ》れている魔導師でも50メトルだぞ。規格外の繊細《せんさい》な魔力制御《せいぎょ》の持ち主だ」

確かに魔力ソナーだけは自信がある。４年以上、俺の心の嫁であるスミレさんを感じるために磨《みが》いてきた技術だからなぁ。

欲望は成長の糧《かて》である。俺の座右の銘《めい》だ。

「帝都の東に新しくダンジョンが見つかった。帝国騎士団としては問題がないか調査したいのだ。ただこのダンジョンは普通と違っていてね。一度に入れるのは二人だけなんだ。３人目が入ろうとすると透明な壁に弾《はじ》かれてしまうのだよ」

おぉ！　ダンジョンの摩訶《まか》不思議だ。ダンジョンは【神の御業《みわざ》】と呼ばれており、不思議な現象が多々見られる。

例としては、
【魔物を倒すとエネルギーを宿す魔石に変わる】
【魔物を倒していくと身体能力と魔力が上がる】
【たまに宝箱なんかも出現する】
【階層ごとにダンジョンの環境が様変《さまが》わりする】
などがある。

またダンジョンの魔物から取れる魔石こそが魔道具のエネルギーだ。ダンジョンは国の発展には欠かせないものとなっている。

まぁそれは良いか。でも二人しか入れない未知のダンジョンに、もしかして俺が調査に行くの？　危険じゃないか。

険しい俺の顔に気がついたゾロン騎士団長が説明を続ける。

「東のダンジョンに入れるのは二人だけだ。一人は騎士団から腕利《うでき》きをこの任務にあてる。君には索敵《さくてき》を担当してほしい。未知のダンジョンを調査するためには優秀な魔力ソナーが使える魔導師が必要だからな」

ゾロン騎士団長の話に繋《つな》げるように、サイファ魔導団長が有無《うむ》を言わせない口調で俺に命令する。

「ジョージ・モンゴリ隊員に東の新ダンジョンの調査を命じる。休み明けの4月1日、つまり明後日の朝、8の鐘《かね》に装備を整え新ダンジョン前に行け。同じく特別任務を受けた騎士団員の指揮下に入るように。以上だ。行ってよし！」

「了解致しました。明後日より特別任務を遂行《すいこう》致します。それでは失礼致します」

不満と不安を顔に出さず敬礼をして団長室を後にする。

大部屋の自分のデスクに座り溜《た》め息をつく。窓の外ではスミレさんが模擬《もぎ》戦をしている。いつも以上に華麗《かれい》だ。

しかしそれを見ても、どんよりとした俺の心は晴れなかった。

第1章　特別任務

特別任務初日。

憂鬱《ゆううつ》だ。俺の魔導の腕は最底辺。攻撃力が低い。簡単に言えばヘタレだ。

あぁー！　ダンジョン行きたくねぇ！　一日24鐘《かね》。8の鐘から17の鐘までが勤務時間だ。9鐘の時間だけ我慢《がまん》すれば終わるんだ。

そう思いながら重い足を無理矢理東のダンジョンに向ける。ダンジョンなんて入ったことないよ。魔物なんて倒したことないしな。

心は土砂降《どしゃぶ》り。空は快晴。アンバランスな気持ちで歩いていく。

どうせ特別任務を受けている騎士団員はゾロン騎士団団長のようなマッチョな漢《おとこ》なんだろうな。何が楽しくてそんな奴《やつ》とダンジョンに潜らないといけないんだろう。だいたい休み明けの勤務はもともと気持ちが上がらない。

あぁー！　やっぱり帰ろうかな！

でもそれはダメだ。せっかく給料の良いエクス帝国魔導団に入団できたんだからな。安定志向の俺には最高の職場だ。無職になるのはリスクしかない。しょうがない、諦《あきら》めて頑張るか。

トボトボ歩いていると東の新ダンジョンの入り口に見慣れた人影が……。

銀色の髪、風に揺れるポニーテール、透き通ったような白い肌《はだ》と引き締まった身体《からだ》。俺の嫁（予定）が佇《たたず》んでいた。

何故《なぜ》!?　スミレさんはエクス帝国騎士団第一隊所属。騎士団は第一隊から第三隊まである。

第一隊は他の国との戦争で活躍する。

第二隊は国内の治安維持《いじ》。

第三隊はその他の職務。

そして魔導団も同じ区分けになっている。

今回は新ダンジョンの調査だから第二隊か第三隊の任務のはず。なんで第一隊のスミレさんがいるの？

もしかしてこれが運命というヤツなのか!?

驚愕《きょうがく》して立ちすくんでいるとスミレさんが俺に気がついて近づいてきた。

白のシャツに淡い色のホットパンツ、革《かわ》の胸部装備と膝丈《ひざたけ》の革のブーツ姿。随分《ずいぶん》と軽装だ。左腰に白い鞘《さや》の刀《かたな》を差しているのが見える。

スミレさんは軽く微笑《ほほえ》み口を開く。

「初めまして。騎士団第一隊のスミレ・ノースコートだ。君は特別任務を受けた魔導団の方で間違いないかな？」

「魔導団第三隊のジョージ・モンゴリです。よろしくお願いします」

は、初めてスミレさんと会話した！

今日は記念日だ！　これは日記に書かなければ！　まぁ俺に日記を書く習慣はないが……。

「今回の特別任務では私が指揮を執《と》るように言われているが、ジョージ君はそれで問題ないかな？」

「はい！　スミレさんが先輩ですから、それでお願いします！」

そうなのだ。帝国高等学校ではスミレさんは一年先輩。現在21歳。姉さん女房は最高のはず。

「ジョージ君に索敵《さくてき》は任せるから魔物の討伐《とうばつ》は私に任せてくれ。魔石は悪いがジョージ君に持ってもらう。できればマッピングも頼みたい」

「了解致しました。索敵と魔石運搬《うんぱん》とマッピングですね。俺の攻撃魔法は使わなくて良いのですか？」

「実家に伝わる【雪花《せっか》】という銘《めい》の刀を持ってきたから魔物は問題なく倒せると思う。まぁ調査だから気楽にいこう」

そう言うとスミレさんはにこやかに笑った。

帝都の教会から時を告げる鐘を8回鳴らす音が微《かす》かに聞こえる。

　これは楽しい特別任務になりそうな予感がしてきた。


東の新ダンジョンの入り口の脇《わき》には掘立《ほったて》小屋ができていた。騎士団から人が派遣《はけん》されているようだ。許可のない人が入れないようにしている。

スミレさんは所属と名前を言ってダンジョンに入る許可を取った。

東の新ダンジョンの入り口は下りの階段になっている。そして壁が仄《ほの》かに光っていた。この光はダンジョンのエネルギーによって発光しているそうだ。

それにしても本当にこのダンジョンは二人しか入れないのかなぁ？　今は二人しかいないからわからないな。

索敵として俺が先に階段を降りていく。階段を3メトルほど降りるとレンガ造《づく》りの通路に出た。通路は幅が5メトル、高さが4メトルほどか。通路は真《ま》っ直《す》ぐ続いている。

俺は自分の魔力を広げていく。魔力ソナーに魔力反応があった。

「50メトル先の通路に3体の魔力反応があります」

俺が言うやいなやスミレさんは前方に走り出していた。

速い！　間違いなく体内魔法を使っている。俺は慌《あわ》てて追いかける。追いつく前にスミレさんは3体の魔物を刀の錆《さび》にしていた。

基本的に騎士団は体内魔法に、魔導団は体外魔法に秀《ひい》でている。

体内魔法は身体能力の著《いちじる》しい向上効果がある。力とスピードの強化、肉体の硬化の作用がある。

体外魔法は俺の得意の魔力ソナーや攻撃魔法等がある。

スミレさんに斬《き》られた3体の魔物はコボルトだったようだ。体長が120センチくらいの子供の大きさで顔が犬に似ている。死体はダンジョンの床に吸収されていき、小さな魔石に変わった。俺は3個の魔石を拾い、背中のリュックに入れる。

「さっきの魔力反応がコボルトなんですね。もう覚えました。それにしてもスミレさん、俺を置いてかないでくださいね」

「あぁ、すまん。今日は二人パーティだったな。いつものダンジョンは4人パーティで行くから私は突攻する役割なんだよ。今日はジョージ君を守らないとな。次回から注意する」

進行方向を見ると丁字路《ていじろ》になっていた。俺は慎重に魔力ソナーを広げていく。

「丁字路の右側30メトル先にコボルト4体、左側60メトル先にコボルト2体です」

「コボルトならどちらを先に倒しても問題ないな。右から行くか」

軽い口調でスミレさんは丁字路に進んで行く。こりゃ結構体力が必要な調査かもな。デスクワークが俺の仕事なのに……。

俺は溜《た》め息をついてスミレさんの後を追いかけた。

ダンジョンの地下1階は通常のコボルトが90パーセント、色の黒いコボルトリーダーが10パーセントの割合で出現していた。コボルトリーダーの魔力は通常のコボルトと比べて、魔力の匂《にお》いは同じで少し大きな反応だ。しっかりと区別できる。

コボルトリーダーは大きさが150センチル程度で普通のコボルトを指揮するところがあるが、それでも所詮《しょせん》はコボルト。だいたい多くても6体編成くらいのため、スミレさんに瞬殺されていた。

俺はスミレさんの揺れる胸としなやかな脚《あし》に気を取られてしまう。これは俺のせいじゃない。スミレさんが悪いのである。猫ジャラシに気を取られる猫と一緒なのだ。

今回はダンジョン調査が任務のため、しっかりとマッピングしていかないとダメだ。

ダンジョンの南側に50メトル四方の壁が見つかった。北側の真ん中辺《あた》りに扉がついている。

俺は扉の前で集中し、魔力を扉の向こう側に伸ばしていく。扉の先には5体のコボルトリーダー、20体のコボルトの魔力反応があった。

「スミレさん、どうします？　モンスターハウスみたいです」

ダンジョンには多くの魔物が出現する箇所が存在する。それがモンスターハウスと言われている。

「問題ないな。扉を開けて私が斬り込む。ジョージ君は私が入ったら扉を閉めて此処《ここ》で待っていれば良い」

「了解です。一応、気をつけてくださいね」

「コボルト程度には遅れは取らない。任せておけ」

颯爽《さっそう》と扉を開けて飛び込むスミレさん。俺は扉を閉めてモンスターハウスに魔力ソナーを広げる。ドンドン魔力反応が消えていくコボルト。俺の嫁（予定）は逞《たくま》しいことこの上ない。

俺は魔力反応がなくなってから扉を開けてモンスターハウスに入った。

りんりんりん、と柔らかい音がする。

スミレさんの右手の雪花の刃《やいば》が白く光っている。柔らかい音の出所は雪花のようだ。

俺は息を飲んだ。

綺麗《きれい》だ…。


スミレさんはこちらを振り返ると笑みを浮かべながら声を上げる。

「魔石を集めるぞ」

俺は夢から覚めたように慌てて魔石を拾い始めた。

新ダンジョンの調査1日目は様子見のためのもので午前中で終了となった。魔石の買い取りは冒険者ギルドでしかやっていないため、そちらに向かう。

「ジョージ君は冒険者ギルドに登録はしているのか？」

「いや、していないです。今まで必要なかったですから」

「じゃ今日登録すれば良いな」

「え、俺はいいですよ」

どうせ俺は魔導団第三隊。魔法の研究と書類処理ばかりだからな。

「何を言っているんだ。今日の魔石は二人で山分けだ。お金が入るし、ギルドポイントも付くから特別任務を続けていたらギルドランクも上がるぞ」

「魔石換金のお金は個人で貰《もら》えるんですか？　仕事だったので騎士団と魔導団に渡すのかと思っていました」

「仕事中の魔石取得は個人の物として認められているんだよ。そうしないと手を抜く奴も出るからな」

なるほど。そんなことになっているんだ。仕事で魔石を手に入れるなんて魔導団第三隊にはないから知らなかった。それなら冒険者ギルドに登録してみるか。

「了解しました。スミレさんの助言に従って冒険者登録してみます。ちなみにスミレさんのギルドランクは？」

「私か、私は学生の頃から色々なダンジョンで修行していたからCランクかな。Bランクに上げるためにはCランクに上がってから15年以上、または何かしらの偉業を達成しないと上がらないからなぁ」

Cランクに上がってから15年以上だったらBランクに上がるまで30歳超えちゃうなぁ。あとは偉業かぁ。

「偉業ってどういうものなんですか？」

「お、ジョージ君も興味が出てきたかな。偉業は特に決まっていないんだよ。冒険者ギルドが認めたらって感じだな」

「案外適当ですね」

「まぁランクはあまり気にしなくて良いかな。Bランクで騎士爵《しゃく》、魔導爵相当、Aランクで男爵相当になる。君は魔導団だから魔導爵だろ。既《すで》にBランク相当の身分だからAランクにならないと意味ないな」

そうなのだ。俺は平民だったからエクス帝国魔導団に在籍したことによる一代限りの魔導爵をもらっていた。一応準貴族ではある。

スミレさんは侯爵家のお家柄。はっきりいえば身分違いだ。

俺の嫁（予定）は所詮予定。予定は未定で、未定は絶望になっている。

妄想《もうそう》だけでスミレさんを嫁にするしかない。

帝都の冒険者ギルドが見えてきた。レンガ造りの2階建ての建物だ。訓練場が併設されているため結構敷地が広い。

冒険者ギルドは各国にある世界規模の組織である。ダンジョンから得られる魔石や宝等の買い取りを行う。

魔石はエネルギーになるためそれを納品する冒険者を管理している。魔石の納品には冒険者ギルド登録が必要だ。

早速《さっそく》俺は冒険者登録の手続きをした。最初はGランクスタートだ。そのまま納品カウンターで今日得た魔石を納品する。

通常、ダンジョン探索は4人編成が基本だ。東の新ダンジョンは二人でしか入れないため魔石の実入りは倍になる。おかげでもう少しでFランクに上がるまでになった。

エクス帝国では新ダンジョンが見つかると国の調査が入る。問題がないとわかると一般の人に開放される。今回の特別任務はこの初期調査にあたる。

一般の人が開放されたダンジョンに入るには各ダンジョンごとに設定されたギルドランク以上である必要がある。そのためダンジョン探索を生業《なりわい》にしている人にはとりわけギルドランクが大切になってくる。

俺が冒険者ギルド登録なしに東の新ダンジョンに入れたのは初期調査だからである。

俺の冒険者ギルド登録と魔石の納品が終わったので冒険者ギルドの中にある食堂でスミレさんと昼食をとることになった。

「ジョージ君、レベルはいくつだった?」

スミレさんは席に座るなりすぐに聞いてきた。

冒険者ギルドに登録すると魔道具からギルドカードが作成される。そこに自分のステータスが表示されるようになる。またカードには魔石を換金した時のお金をチャージすることもできる。

「レベルですか、恥《は》ずかしながら2ですね」

「そのレベルだと通常のダンジョン探索はおろか戦争でも戦力にならないな。今回の特別任務でもう少し上がると良いな」

「ちなみにスミレさんのレベルはいくつなんですか?」

「人のレベルを聞くなんて女性に年齢を聞くくらいのマナー違反だぞ」

「え、スミレさん、俺にレベル聞きましたよね?」

「私は今回の特別任務の現場責任者だから良いんだよ」

そう言ってスミレさんはパンを食べ始めた。

なんか納得できないがしょうがない。食事をするスミレさんはとても優雅《ゆうが》な雰囲気《ふんいき》を出している。

眼福《がんぷく》、眼福。

そういえばなんで騎士団第一隊のスミレさんが今回の特別任務なんだ？

「スミレさんって騎士団第一隊所属ですよね？　どうして今回の新ダンジョンの調査の任務をやることになったんですか？」

「通常は第二隊か第三隊だな。今回は魔導団のサイファ団長からの指名を受けてだ。まぁ現在他国と戦争してないから訓練ばっかりだ。ダンジョン調査も良い気晴らしになる。ジョージ君。今日は初日だから午前中だけだったが、明日からは昼食を持って一日潜るようにするからな。昼食は冒険者ギルドで弁当を買っていこう」

俺の特別任務はまだまだ続きそうだ。

冒険者ギルドで昼ご飯を食べた後、スミレさんと別れ魔導団の自分のデスクに戻った。

デスクに積まれている書類を見て溜め息が出る。特別任務中とはいえ、いつも通りの量が載《の》っている。

上司のヨウダ隊長のデスクに行く。

「隊長、すいませんが現在特別任務中です。明日以降は通常業務ができないかと思います。他の方への仕事の割り振りをお願い致します」

ヨウダ隊長は不機嫌そうな顔をこちらに向けて口を曲げて喋《しゃべ》り出す。

「そんな人員がどこにいるんだ？　それを連れて来てから言ってくれ」

「団長命令の特別任務ですので、人員の増加はそちらに上げてください。それでは失礼いたします」

文句や嫌味を言われる前に自分のデスクに戻った。

黙々と書類を片付けていると隣のデスクの同僚であるカフスがニヤニヤしつつこちらを見ている。

「どうだった？　新ダンジョンの調査は？」

「まだ今日の午前中だけだから何とも言えないよ。地下1階はコボルトの巣だったけどな」

「そうじゃなくて相棒《あいぼう》はどんなのだった？　筋肉ムキムキのオッサンあたりか？　ご愁傷様《しゅうしょうさま》」

「お生憎様《あいにくさま》。真逆のスラっとした美女と同伴だよ。騎士団第一隊のスミレ・ノースコートさんだ」

目を見開くカフス。

「なんで騎士団のアイドルがお前と特別任務なんだよ！　それにスミレさんは騎士団第一隊所属だろ！」

「俺に言われてもわからんよ。なんでもウチの団長が指名したみたいだけどな」

カフスは納得がいってないようでブツブツ文句を言いながら書類仕事をしている。俺は溜め息をついた。

確かにスミレさんと特別任務をするのは嬉《うれ》しい。しかしやっかみで周囲がうるさくなるのは困る。俺は静かに生活を送りたいタイプだ。

このデスクから修練場のスミレさんを見ているだけで幸せなのにな。所詮は高嶺《たかね》の花だ。

◆◇◆◇◆◇◆◇◆◇

特別任務2日目。

冒険者ギルドの食堂で二人分の昼食を購入して東の新ダンジョンに向かった。東の新ダンジョンの名前はまだついていない。

それにしても二人しか入れないダンジョンなんて役に立つのかな？　まぁ俺が考えることじゃないか。

スミレさんは既にダンジョン前で待っていた。

「ジョージ君、おはよう！　頑張っていこう！　今日は最初にジョージ君の攻撃魔法を見せてもらおうかな」

うわっ！　俺のショボい魔法を見せるのか。ダンジョン探索が進めばいつかは見せる必要があるから、早いか遅いかくらいの差しかないけどね。

「了解致しました。それでは出発しましょうか」

ダンジョンを降りるとまずは80メトルくらいの直線通路だ。ちょうど30メトル先にコボルトが1体いた。

「それでは攻撃魔法を使います」

俺は丁寧《ていねい》に呪文《じゅもん》を唱《とな》える。

【火の変化、千変万化《せんぺんばんか》たる身を礫《つぶて》にして穿《うが》て、ファイアボール！】

右手から直径5セチルほどの火球がコボルトに向けて発射される。火球はコボルトの胸に当たり体毛を焦《こ》がす。ショボい威力《いりょく》だ。気恥ずかしくなり顔が赤くなったような気がする。

怒ったコボルトが向かってきた。スミレさんが俺の前に出てコボルトを一刀両断にした。

【雪花】の刃がダンジョンの光を浴びて美しい。

スミレさんは振り返って俺に語りかける。

「ジョージ君はファイアアローを使えないのか？」

「使えますけどもっと威力が弱くなりますよ」

「君は魔術操作に優《すぐ》れているから魔法の速度とコントロールを生かしたほうが良いと思う。ファイアアローでコボルトの眼《め》を狙《ねら》ってみようか」

速度とコントロールか。威力を考えないならできるかな。

「了解しました。次はファイアアローで眼を狙ってみます」

早速、50メトル先にコボルトが2体現れた。

俺は集中して詠唱《えいしょう》を開始する。


【火の変化、千変万化たる身を矢にして貫《つらぬ》け、ファイアアロー!】


スピードとコントロールを意識して魔法を制御《せいぎょ》する。

4本の火の矢がコボルトの眼に向かって行く。

見事に命中。威力が弱いといっても火の矢である。それなりに貫通力はある。火の矢はコボルトの脳味噌《のうみそ》まで到達したみたいだ。コボルトは糸が切れたようにその場に崩《くず》れ落ちて魔石に変わった。

俺がこれをやったのか!? 弱い魔物のコボルトとはいえ、俺の魔法で倒せるなんて。初の魔物討伐だ!

「やるじゃないかジョージ君。魔法のスピードはトップクラスだし、精密なコントロールだったよ」

「自分でもビックリしています。ただ魔力ソナーを使うなら問題ないんですが攻撃魔法を使うとすぐに魔力量が足りなくなりそうです」

「まぁレベル2だからな。だがそれもダンジョンで魔物を倒してレベルが上がれば問題なくなるさ。君の魔法は見せてもらった。それでは昨日と同じように地下1階のマッピングを進めるか」

その後はコボルトを倒しながらマッピングを進めた。

俺は黙々と魔力ソナーで索敵をし、黙々と魔石を拾い、黙々とマップを作成し、黙々とコボルトを斬り倒すスミレさんのお尻《しり》を眺《なが》めていた。

お昼近くになって、ダンジョンの東側に地下2階に降りる階段が見つかった。

「よし、ここでお昼ご飯にしようか。階段が安全地帯か確認もしないとな」

ダンジョンの摩訶《まか》不思議に階層が変わると魔物や環境がガラリと変わる時がある。魔物は階層を移動することがないため、階層を繋《つな》ぐ階段は魔物の出現がない安全地帯になる。それでも初期調査では本当に階段が安全か確かめる必要がある。

冒険者ギルドで買ってきたお昼ご飯を二人で食べる。小粋《こいき》な会話をしようと思えば思うほど頭は回らない。女性と二人っきりで静かなダンジョン内での食事は俺には高難度ミッションだ。

結局、無言のまま食事を終えてしまった。

午後は地下1階に戻り、まだ埋まっていない場所のマッピングを進める。戦いながら作業をしているとはいっても結構広いダンジョンだな。明日も地下1階のマッピングになりそう。デスクワーク主体の俺には体力的にキツくなりそうだ。そう思いながら作業を続けた。

◆◇◆◇◆◇◆◇◆◇

特別任務3日目。

今日はお昼ご飯と晩ご飯を用意している。その他にマントも用意した。ダンジョン内でお泊まりの用意である。階段が安全地帯かどうか確かめるために地下1階と地下2階を繋ぐ階段で夜を過ごす予定だ。まあ寝たりはしないので徹夜だな。

夕方には地下1階のマッピングが終了した。東側の階段で夕ご飯を食べると暇《ひま》になった。

俺は魔力を周囲に伸ばしていく。

広く、広く。薄く、薄く。

地下2階にはコボルトとは違った魔力反応があるな。地下2階にはどんな魔物が出るのかな。

それにしてもダンジョン探索の影響なんだろうか？　以前より魔力ソナーの範囲が広くなって

いる。階段の側には魔物の魔力はない。今のところ安全地帯のようだ。

相変わらずスミレさんの魔力は静謐《せいひつ》で清らかだ。心地よく感じる。穏《おだ》やかな気持ちになってきた。

スミレさんがジッと俺を見ている。俺を惹《ひ》きつける魅力的な唇《くちびる》が開く。

「ジョージ君は何かやりたいことはないのかい？　将来はどうなりたいんだ？」

将来？　将来はスミレさんと結婚して幸せな家庭を築きたい。まぁ無理だけどな。

「今の魔導団の仕事に満足していますから特にやりたいことはないですね。将来は愛する人と温かい家庭を作りたいかな」

「今の仕事に不満がないのは良いことだが、やりたいことがないのはどうなのかな？　上昇志向がないのか？」

「特に出世欲もないですから」

「私が言っているのは地位だけの話じゃない。自分を磨《みが》く意欲はないのか？」

「才能がありませんから」

「ジョージ君はあれだけ精微《せいび》な魔力操作ができるじゃないか。素晴らしい才能に自《みずか》ら蓋《ふた》をしているように感じるな。まぁ愛する人と温かい家庭を作りたいというのは良いな」

素晴らしい才能か……。そんなことを言われたのは初めてだ。少し嬉しいな。実感はないけどね。

俺は場の雰囲気のせいか迂闊《うかつ》にも口を滑らした。

「スミレさん、例《たと》えば愛する人が身分違いだったらどうしますか？」

「なんだ、藪《やぶ》から棒《ぼう》だな。私に恋愛相談とは。そうだな、身分違いか。一応例え話だからジョージ君の立場で意見を言おうか。私がジョージ君と同じ魔導爵だとして、それでも身分が不足しているならば何としても手の届く身分になってやるかな」

「現実的には難しくないですか？」

「君と私の考えの相違だな。私は簡単か難しいかで行動を選択しない。わかりやすくいえば、できる、できないじゃない、やるかやらないかだけだ。やらない理由を探してはいけないよ。難しいからできない、だからやらないじゃ人は成長しない」

うーん。言いたいことはわかるけど理想論だよなぁ。スミレさんはなおも話を続ける。

「まずはやると決める。しかし難しい。どうしたらそれをクリアできるか工夫して努力する。その工夫と努力が成長だ。そして難しい事もできるようになるんじゃないかな。私はそのような男性だったら尊敬ができるし、愛情も生まれるかもしれない」

俺がスミレさんから尊敬されて愛される⁉　たまらんなぁ。俺の座右の銘は欲望は成長の糧《かて》であるだ。せっかくだから考えてみるか。

スミレさんは侯爵家の人だ。結婚するためには伯爵相当にならないといけない。俺は準貴族の魔導爵。伯爵になるためには男爵、子爵、伯爵と三段階上げないとダメだ。地位を上げるためには戦争で活躍するのが手っ取り早い。しかし今は戦争をしてないしなぁ。戦争で活躍するためには強くなる必要がある。そのためにはレベルを上げないと。レベルを上げるためにはダンジョン探索が最適だ。

あれ？　今の特別任務って案外スミレさんとの結婚に直結しているのでは？　そんなわけないわな。

欲望は成長の糧であるといっても目標達成までが遠すぎるわ。遠くの美人より近くの普通の人を座右の銘に変えるかな。

ダンジョン内の夜は静かに更《ふ》けていった。

◆◇◆◇◆◇◆◇◆◇

特別任務4日目。

魔道具の懐中時計を見ると朝の7の鐘を指している。特に魔物が寄ってくることはなかった。これで一応、階段の安全性の調査は終了である。

スミレさんとダンジョンを出ると快晴だった。鳥の鳴き声が聞こえる。

スミレさんと朝帰りといってもダンジョンだしな。

当然何もなかった……。

そのまま二人で冒険者ギルドに向かう。魔石を納品して食堂で朝ご飯を食べることになった。

「今日はこのまま仕事は休みだ。また明日からダンジョン調査再開だな。ジョージ君は明日から盾《たて》を持ってくるようにしてくれ」

業務指示を告げるスミレさんは眠そうだ。俺もやはり徹夜は眠い。宿舎に帰って寝ることにしよう。

ギルドカードを確認するとレベルが5になっていた。直接戦闘しなくてもレベルは上がるんだな。それにつれて身体能力も上がっているような気がする。ダンジョン調査では結構歩くのだがあまり疲れない。

「レベルは上がっているかい?」

「レベル5になっていますね」

「そうだろうな。ダンジョン内では倒した魔物からエネルギーを吸収して身体能力と魔力が上がると考えられている。倒した魔物からそんなに離れていなければエネルギーの吸収はできるからな。今回は二人パーティだから吸収量も多いはずだ」

そっか。まるで俺はスミレさんの寄生虫だな。

「せっかくだ。明日からはジョージ君の体内魔法の練習をしようか。体内魔法を使えるようになれば身体能力の著しい向上効果が望めるからな。ダンジョンでの安全性が増す」

体内魔法か。帝国高等学校の魔導科ではほとんど習わなかったな。デスクワークにはいらないけどダンジョン調査では安全性が高まるか。必要は最良の成長か……。

スミレさんとは冒険者ギルドの前で別れた。スミレさんは実家に住んでいる。おやすみなさいと言って俺は寄宿舎に寝に帰った。

◆◇◆◇◆◇◆◇◆◇

特別任務5日目。

朝から東の新ダンジョンの外でスミレさんから体内魔法の指導を受ける。

「体内魔法と体外魔法の違いは、自分の魔力を内に使うか外に使うかの差だ。君の魔力ソナーは自分の魔力を外に広げて使う体外魔法だ。体内魔法はその魔力を自分の身体の中で循環《じゅんかん》させるということだ。朝と晩に1鐘《かね》ほどの時間を瞑想《めいそう》しながら練習を重ねてみてくれ。普通は体内魔法と体外魔法の切り替えが上手《うま》くできないいんだけどな。ただジョージ君の場合は魔力制御が格段に優れている。その切り替えもできるようになると思うんだ」

なるほど。体内魔法と体外魔法の切り替えか。

うん？

「スミレさん、体内魔法と体外魔法は同時に使うことはできないんですか？」

「どうだろうな。理論的には可能と言われているけど、現実的ではないと思う。そこまでの魔力制御は誰にもできないだろう。簡単にできるなら、騎士は身体能力向上をしながら魔法を撃てるようになるから。ジョージ君がトライしてみるかい?」

スミレさんの問いかけに俺はゴニョゴニョ言って誤魔化《ごまか》す。その後、瞑想のやり方を教わりダンジョン調査を開始した。

ダンジョンの地下2階に降りる。ダンジョンの装いはレンガ造りの地下1階と変わらない。早速魔力ソナーを開始する。

「スミレさん。20メトル先の壁のくぼみに魔力反応が二つあります。隠れているみたいです」

「了解した。隠れているならゴブリンあたりか。奴ら少しは知能があるからな」

スミレさんが身体能力向上を発揮して魔力反応がある場所に駆けていく。

「フギャ!　ギャギャギャ!」

人のものではない甲高《かんだか》い声が聞こえ静かになる。どうやら先程の声は断末魔《だんまつま》の叫びだったようだ。

近くに行くと身長が120セチルほどの魔物の死骸《しがい》が転がっている。額《ひたい》に小さな角《つの》があり、肌は緑色で痩《や》せ気味だ。

小鬼。

いわゆるゴブリンである。武器は持っていなかった。開放されているダンジョンのゴブリンの場合は、死んだ冒険者の武器を持つことがあるみたいだが、ここは無垢《むく》のダンジョン。そのため武器を持ってないのかな？

ゴブリンの魔力反応は大きく分けて3種類だった。接近戦をしかける個体、ファイアボールを撃ってくる個体、統率《とうそつ》している個体に分かれる。

スミレさんが盾を持ってくるように言った理由がわかった。ファイアボールをたまに俺目がけて撃ってくる。

まぁゴブリンのファイアボールだから俺のよりショボいけど。なので簡単に盾で防ぐことができた。スミレさんは余裕で避《よ》けているけどね。

地下2階の調査も問題なく進んでいく。夕方になりキリの良いところでダンジョンを出た。明日は休みで週明けからまたダンジョン調査。冒険者ギルドの食堂で晩ご飯を食べ、宿舎に帰る。

帰宅すると19の鐘だった。早速、体内魔法の練習だ。椅子《いす》に座り自分の魔力に集中する。

魔力ソナーの時は身体の外に魔力を広げるが、今回は身体の内側で魔力が循環するように意識する。

よし！　安定してきた。案外簡単だな。

しかし椅子から立ち上がると魔力の循環が乱れる。なるほど少しコツがいるのか。部屋の中を歩きながら魔力循環を開始する。

これはすぐにできるようになった。これで身体能力向上しているのかな？　試しに外を走ってみるか。

宿舎の隣の修練場に出る。軽く走ってみる。少し魔力循環が崩れた。慣れるまで集中力が必要だな。

うん。大丈夫だ。慣れた。

もう一度走ってみると身体が軽い。通常の2～3倍の速さにはなっているみたいだ。力と肉体の硬化はどうかな？

近くにあった岩を軽く殴ってみる。

痛くない。

今度はもう少し強く殴る。やっぱり痛くない。

これなら思い切り殴れるかな。よし試しにやってみるか。

ドキドキしながら岩を思い切り殴る。パキッと音がして岩がひび割れた。こりゃ凄《すご》い。騎士が強いわけだ。俺も剣術でも習ったほうが良いかな。必要性は感じないけど。

どれ部屋に戻ってスミレさんに言われたとおり1鐘くらいの時間、瞑想をやるか。

◆◇◆◇◆◇◆◇◆◇

特別任務6日目。

今日、魔導団は休みの日である。俺も特別任務は休みだ。朝から体内魔法の練習のため瞑想を始める。

半鐘《はんかね》ほど経《た》つと暇になってくる。

そうだな、どうせなら体外魔法との併用にチャレンジしてみようか。魔力を体内で循環させながら体外に魔力を広げようとする。

うむ、こりゃ、なかなか、おぉ！　ありゃりゃ……。

体外に魔力を広げようと集中すると体内循環が疎《おろそ》かになってしまう。集中しなくても体内循環ができるようにならないとダメかな。そんなことできるのか。まぁ暇だから頑張ってみるか。

まずは体内循環の精微なコントロールだな。

【ぐ～！】


お腹《なか》が鳴った。気がついたら昼過ぎまで瞑想していた。

集中すると止まらなくなるのが悪い癖《くせ》だな。宿舎の食堂に昼ご飯を食べに行くか。

体内循環を中断し、魔力ソナーを開始する。最近ダンジョン内で魔力ソナーを常時展開しているので癖になっている。

二つ隣の部屋から男性と女性の魔力をとらえた。

男性の魔力は知っている。3年先輩のイケメンだ。女性のほうはわからない。街でひっかけてきたのか。二つの魔力が絡《から》み合っている。

それにしても独身男性宿舎の部屋に女性を連れ込むなんてすげぇな。完全に規則違反じゃん。まぁ先輩が規則違反しようが俺には関係ないか。食堂にでも行こう。

お昼ご飯を食べて修練場にある魔法射撃場に行くことにした。

胸ポケットからギルドカードを出す。レベル6の表示。

魔法射撃場で魔法の威力が上がっているのか確認しに来た。少しワクワクしている自分がいる。

3カ月に1回行われる魔導記録会では最底辺の俺だ。次回からは少しは成績が上がるかな。

魔法射撃場には誰もいなかった。魔法射撃場は30メトル先に的《まと》が設置されている。

この的は魔道具になっており、指定の場所で魔法の詠唱を始めると作動し始める。そのまま的に魔法を当てると、詠唱速度、魔法精度、魔法威力が数値となって出てくる。数字で自分の実力が出てしまうため、言い訳が効《き》かない無慈悲《むじひ》の魔道具である。

指定の位置につき、精神を落ち着かせた。

丁寧に呪文の詠唱を始める。


【火の変化、千変万化たる身を礫にして穿て、ファイアボール！】


俺の右手に直径20センチルほどの火の球ができる。

ファイアボールは一直線に的に撃ち出され、的の中心に当たった。今まで俺のファイアボールは直径5センチルほどの火の球だった。それが20センチルになっていた。

俺のファイアボールの記録が出た。

詠唱速度　C
魔法精度　S

魔法威力　３６５２

詠唱速度は平均だ。魔法精度はＳ判定になっている⁉　Ｓ判定なんてあるの！　初めて見た！　いつもはＡ判定だった。

ただ魔法威力の伸びが半端ない。今までは４００〜５００くらい。７倍以上の威力だ。

ダンジョンでの身体能力と魔力が増加って恐ろしいな。取り敢《あ》えず自分の成長を感じて部屋に戻る。

二つ隣の部屋の先輩はまだ盛り上がっていた。俺は魔力ソナーを切り、魔力の体内循環を開始した。

◆◇◆◇◆◇◆◇◆◇

特別任務７日目。

昨晩は魔力循環にハマってしまった。だいぶ無意識でできるようになった。体外魔法の魔力ソナーを切ると魔力循環を始めてしまう。魔力ソナーと魔力循環（身体能力向上）は魔力の消費がほとんどないので気楽にできる。

スミレさんはいつも通り東の新ダンジョンの入り口近くで待っていた。

「おはよう、ジョージ君。体内魔法の練習はしていたか？」

「おはようございます、スミレさん。魔力循環にハマってしまって昨日の休みはずっとやっていましたよ。魔力ソナーとの切り替えもできるようになりました」

「!? 君は既に魔力循環ができるようになったのか？ 練習する時間は昨日一日くらいしかなかっただろ！ 魔力循環で身体能力向上はできるようになったのか？ また簡単に魔力ソナーとの切り替えができるのか？」

驚愕の顔で俺の肩を掴《つか》んで詰問《きつもん》するスミレさん。スミレさんとの初の触れ合いがこれなのか。ちょっと残念。

「身体能力向上しながら走ったら2～3倍の速さになりました。あとは岩を殴ったら岩がひび割れましたね。魔力ソナーと魔力循環の切り替えはほとんどタイムラグなくできています」

呆然《ぼうぜん》とするスミレさん。なんかブツブツ言い出した。

「確かに……サイファ……才能……それでも……」

よく聞き取れなかったが、それでも確かに魔導団サイファ団長の名前が聞こえた。

急にキリッとしたスミレさん。真剣な顔で俺を見る。

そんなに見つめないで……。照《て》れちゃう。

「今日からダンジョン調査終了後、修練場にて1鐘ほどの時間、私が君に剣術を教える。わかったか」

俺がスミレさんから剣術を教わるの？　なんで？　魔導団第三隊には必要ないと思うんだけど……。

「えっと……」

「わかったかと言ったんだ！　返事は！」

「了解致しました！　頑張らせていただきます！」

怖《こえ》え……。反論できないや。

こうしてスミレさんから剣術を教わることが決定した。


東の新ダンジョンの地下2階の調査は順調に進んだ。知恵を使うといっても所詮はゴブリン。たまの魔法もショボいファイアボール。ゴブリンの不意打ちは俺の索敵で防げる。身体能力向上の体内魔法を使用したスミレさんに細切《こまぎ》れにされるゴブリン。無双《むそう》状態だ。

スミレさんには俺から【蹂躙姫《じゅうりんひめ》】の称号《しょうごう》を与えたいと思う。ベッドの上では俺がスミレさんを蹂躙してやんよと妄想を膨《ふく》らませて魔石を拾いまくる俺。魔石拾いが俺の仕事だ！

夕方になり今日のダンジョン調査は終了。冒険者ギルドで魔石を納品して、修練場に向かう。

修練場は魔導団本部と騎士団本部に隣接されている。その隣には俺の住んでいる独身宿舎もあ

る。俺とスミレさんが卒業した帝国高等学校もすぐ近くだ。

「ここの修練場なら独身宿舎に住んでいる君にハードトレーニングを施《ほどこ》しても簡単に帰宅できるだろう」

ニヤリと笑い模擬《もぎ》剣を俺に渡すスミレさん。模擬剣とはいえズッシリとした重さを感じる。

「まずは剣の持ち方と素振りだな。剣術はしっかりとした型を覚えることが大切だ。素《す》の体力増加も目指すから身体能力向上の体内魔法は使用しないように」

インドア派の俺に剣術の鍛錬《たんれん》は厳しいかと思ったが、ダンジョンでのレベルアップによって身体能力が上がっているようだ。体力的にはそれほど辛《つら》くない。

素振りを続けていると型から外れる時がある。そうするとスミレさんから怒声《どせい》が飛ぶ。剣の使い方に変な癖がつかないようにするためには必要みたいだ。ただしスミレさんに怒声を浴びせられると変な趣味に目覚めそうな自分が確かにいた。

◆◇◆◇◆◇◆◇◆◇

特別任務8〜10日目。

この3日間は特に変わったことのない毎日だった。朝起きたら体内魔法の練習。魔力循環を

1鐘の時間おこなう。最近では魔力循環しながら魔力ソナーを同時発動できないか試している。なかなか上手くいかない。

宿舎の食堂で朝ご飯を食べ、冒険者ギルドの食堂で昼ご飯を二つ購入。東の新ダンジョンに行き、スミレさんと合流。夕方まで地下2階のダンジョン調査。

索敵、魔石拾い、マッピング、お尻の凝視《ぎょうし》を繰り返す。

冒険者ギルドで魔石を納品して修練場に到着。スミレさんの指導の下《もと》、剣術の型を繰り返す。

宿舎に帰りお風呂に入り晩ご飯を食べる。魔力循環を1鐘ほどおこない、就寝。

◆◇◆◇◆◇◆◇◆◇

特別任務11日目。


明日は休みである。休みの前日って、もう休みみたいなもんだよね。今日の午前中で地下2階のマッピングが終わりそうだ。地下3階へと続く階段は既に発見している。

ゴブリンを斬り倒してスミレさんがこちらを向く。

「よし、これで地下2階のマッピングは終わったな」

「はい！　地下2階、全《すべ》て踏破《とうは》しました。このまま地下3階に向かうのですか？」

「いや、明日は【無の日】で休みだ。中途半端になるから地下3階は週明けから調査しよう。今日の午後は修練場で付きっきりで剣術の訓練に充《あ》てるぞ」

スミレさんが付きっきりって素敵《すてき》な言葉。訓練じゃなければね。

「了解致しました。よろしくご指導お願い致します」

「では帰還《きかん》するか」

ダンジョンを出て、冒険者ギルドで魔石を納品する。魔石の換金でいつの間にか小金が溜まっていた。ギルドカードで確認すると4５００バルトちょいだ。

ダンジョン調査をしていたのは半日が2回、丸一日が8回。一日当たり5０００バルトくらいか。この金だけで生活するには厳しいな。でも俺は臨時収入だから。

特別任務が終わったら、思い切ってスミレさんを食事にでも誘おうかな。それなら自然な感じだよね。

スミレさんと冒険者ギルドの食堂でお昼ご飯を食べて修練場に向かった。早速、いつものように剣術の型を素振りする。

素振りが50回を過ぎると集中してくる。周りの音が聞こえなくなってくる。身体の隅々《すみずみ》まで神経が行き渡っているのを感じる。没我《ぼつが》といえば良いのか？

素振りを続けていたら唐突《とうとつ》にスミレさんから声をかけられた。

「しっかりと型が固まってきているな。この素振りはこれからも続けてほしい。今日は少しだけ新しいことをしよう。今までの素振りを身体能力向上をかけながらやってみてくれ」

魔力循環（身体能力向上）をしながら素振りか。俺は無言で頷《うなず》き、魔力循環を実施する。

気持ちを入れ替え、上段から剣を振り下ろす。


【ビュン！】


自分でも驚くほどの風切り音。俺は呆然としながらスミレさんを見てしまう。ニッコリと微笑むスミレさん。

「素晴らしい剣筋だった。スピード、バランス、力強さ、全て合格点だ。このまま身体能力向上をかけながらの型の素振りにも慣れていこう！」

こんなに真っ直ぐ称賛されるなんて……。今日は俺の人生最良の日だ。しっかりと訓練を続けて良かった。

「ほら、呆《ほう》けてないで続きをやる！　時間は有限だぞ！」

「はい！　スミレさん！」

この後、俺は一心不乱に素振りを続けた。

◆◇◆◇◆◇◆◇◆◇

特別任務12日目。

今日は休みだ。朝はゆっくり起きようかと思っていたがいつもと同じ6の鐘に起きてしまった。まぁそんなもんだな。

いつも通り魔力循環を始める。最近は魔力循環が乱れることもない。集中力を高める。まだ足りない。もっと、もっとだ。魔力循環しながら外に向けて魔力を押し出していく。なかなか上手くいかない。

お腹が空《す》いたため朝ご飯を宿舎の食堂で食べる。そしてまた挑戦。時間が経って、お腹が空いたため昼ご飯を食べる。そしてまたまた挑戦。日が落ちて夕方になったため夕ご飯を食べる。懲《こ》りずに挑戦。

まったく一日中魔力循環と魔力ソナーの同時使用を練習したな。それでも飽きずに挑戦。

そして歴史の1ページが開かれた。


「あ、」


今、一瞬上手くいった⁉

動悸《どうき》がしてきた。焦《あせ》るな。さっきの感覚を忘れる前にもう一度だ。失敗、また失敗、またまた失敗。落ち着け。一度できたんだ。もうできるはずだ。仕切り直しをして魔力循環を落ち着かせる。集中力を高める。

……………良し！　できた！

あ、気を抜くとすぐに乱れるな。

次は継続だ。安定させないと。それにしても魔力循環と魔力ソナーを同時にやるのは二つの異なることに集中しないといけないから辛いな。このまま続けていけば慣れてくるのかな？

小さな一歩かもしれないが、これは魔導界には大いなる一歩のはずだ。論文にでもまとめるかな。

それで有名になってモテモテになっちゃうかも。あ、浮気はいかん。俺には嫁（予定）がいた。

◆◇◆◇◆◇◆◇◆◇

特別任務13日目。

今日からダンジョン調査は地下3階だ。新たな魔物が出るんだろうな。少しの不安はあるなあ。スミレさんとダンジョン前で合流して地下3階を目指す。

スミレさんはいつもと同じ雰囲気だ。緊張してないのかな？　豪胆《ごうたん》な女性も素敵！

斥候《せっこう》の俺が魔力ソナーを使いながら地下3階に降りる。地下3階の通路はレンガ造りで今までと変わらないが、幅と高さが今までの倍ほどの大きさだった。

目算で幅が10メトル、高さが8メトルくらいか。魔力ソナーを広げていくと力強く大きな魔力反応があった。軽く身震いしてしまう。明らかにコボルトやゴブリンとは違う。

「スミレさん！　通路を進んで左に曲がった先に大きな魔力反応が一つあります！」

「わかった。注意して進んでみよう。最悪撤退を視野に入れてだな」

魔力ソナーを使いながら慎重に通路を進んでいく。丁字路で魔力反応のある左側を覗《のぞ》き込む。

通路の先には二足歩行の大きな魔物がいた。身長は2メトルを優に超えている。

後ろ姿だが深い緑色の肌、背中の筋肉が盛り上がっている。圧倒的な存在感に俺は息を飲んだ。

なんだこの魔物⁉　ヤバすぎる……。

焦っている俺に目もくれず、静かに魔物に近づくスミレさん。【雪花】を両手に持ち、背後から魔物を上段からの袈裟《けさ》斬りにした。

まさに一刀両断。恐れ入りました。

以前見た時のように、雪花の刃が白く光っている。そして、りんりんりん、と柔らかい音を奏《かな》でる。一刀両断にされた魔物を観察する。

額に角が二つ。口には大きな牙《きば》が生《は》えている。これってもしかして……。スミレさんが深刻な顔で言葉を絞《しぼ》り出す。

「間違いない。こいつはオーガだ。通常はダンジョンの深層域で出没する魔物なんだが……。これは一度引き返したほうが良いな。一度地下2階に戻ろう」

やっぱりこれがオーガなんだ。破壊の権化《ごんげ》と言われている魔物だ。小鬼のゴブリン、大鬼のオーガ。同じ鬼でも違い過ぎる。

オーガの死体はダンジョンに吸収されていく。残ったのは大きな魔石だ。俺はオーガの魔石を拾い、スミレさんと安全地帯である地下3階と地下2階に繋がる階段に引き返した。階段に座るとスミレさんが徐《おもむろ》に口を開く。

「まさか深層域に出没するオーガがこんな低層にいるなんてな」

「でもスミレさんはそのオーガを一刀両断にしたじゃないですか」

「先程のは背後からの不意打ちだったからな。真正面から戦闘になったとしても倒せるだろうが、簡単な相手ではない。連戦するには厳しい。【雪花】に魔力を込めるのも頻繁《ひんぱん》にはできない。しかもこれは一対一の場合だ。一度に複数を相手するのは自殺行為に等しいよ」

弱気なスミレさんを初めて見た。いつも自信満々な人だからな。顎《あご》を触りながら思案するスミレさん。

「このままダンジョンの調査を中止するのは早いな。まだ地下2階までしか終わっていない。それでもオーガを相手にするのに二人パーティでは厳し過ぎる」

なんとかならないかな。俺の索敵でオーガの不意打ちは防げる。あとは戦闘が安定すれば良いのか。

「スミレさん。俺の索敵で慎重に進めば不意打ちは防げると思います。あとは俺のファイアアローでオーガの両眼を攻撃するのはどうでしょうか？」

「ファイアアローで眼を攻撃？　確かに視力を失ったオーガを倒すなら、それほど苦にならないだろうが。しかし、それをするにはピンポイントのコントロールが必要だぞ。それを君は何度もできるのか？　神業《かみわざ》に近い行為だぞ」

「たぶん大丈夫だと思います。魔力制御には自信がありますから。まずは試してみませんか？」

スミレさんは少し考えた後に了承の意を示す。

「そうだな。どちらにしてもこのまま調査中止はない。試してみようか」

早速、地下3階に降りて魔力ソナーを広げる。丁字路を曲がったところから100メトル先に大きな魔力反応が一つある。魔力の質からいってオーガだろう。

慎重に丁字路を曲がる。オーガの大きな巨体が100メトル先に見える。できればもう少し近いほうが良いな。少しドキドキしてきた。

オーガがこちらに気がつき咆哮《ほうこう》を上げながら走ってきた。

スミレさんが臨戦態勢に入る。俺は逸《はや》る気持ちを落ち着かせながら詠唱を開始した。

【火の変化、千変万化たる身を矢にして貫け、ファイアアロー！】


中空に浮かぶ長さが20センチルほどの4本の火の矢。念のため片眼に2本ずつ用意した。

火の矢は凄い速さでオーガの眼に向かう。オーガは走っているため発射してからも調整が必要だ。一瞬のうちに火の矢は寸分違《たが》わずオーガの両眼に突き刺さった。

糸が切れたように崩れ落ちるオーガ。呆気《あっけ》ない結末だった。

「ハハハハ！　ジョージ君、凄い魔力制御だな。ピンポイントで命中している。硬《かた》いオーガでも眼は柔らかい。これはファイアアローが脳まで到達している。これなら瞬殺だな」

オーガの魔石を拾いながらスミレさんが呆《あき》れている。

「ジョージ君は今、何発くらいファイアアローを撃てる？」

「どうでしょうか？　レベルが上がってから確かめていないです。まだまだ撃てそうですけど」

「そっか。それではあと3回ほどオーガと戦って、その後修練場の魔法射撃場でファイアアローが何発撃てるか確認してみよう」

魔力ソナーを広げると通路の先にオーガの魔力反応が二つあった。

「この先にオーガが2体います。どうしますか？」

「ジョージ君のファイアアローがあれば楽勝だろう。当然討伐するぞ」

そこまで信用されると少し怖いが命令には逆らえない。覚悟を決めて気合いを入れる。

「よし！　行くぞ！　ジョージ君のファイアアローの精度ならオーガ1体にファイアアロー1発で充分だ。しかし、まぁまだ安全に討伐したいから1体に2発だな。しっかり眼を狙えよ」

「了解致しました。指示に従います」

結局、2体のオーガも瞬殺した。両眼にファイアアローが突き刺されば、脳にダメージがいくもんね。案外、オーガ討伐は楽勝かな。

その後、1体のオーガがいたので、片目だけにファイアアローを打ち込んだ。やっぱり瞬殺だった。ファイアアローって、もしかしてヤバい魔法なんじゃないか？　ニコニコ顔のスミレさんが興奮《こうふん》しながら口を開く。

「これなら地下3階の調査ができそうだ。ジョージ君だけでいけそうだけどな。私はジョージ君の護衛《ごえい》で頑張るか。それじゃ今日はこれから修練場の魔法射撃場でジョージ君の魔力量の実験だな」

ダンジョンを出て冒険者ギルドに行く。今回は大きなオーガの魔石がある。一つ10000バルトに換金された。5つあったので50000バルト。一人当たり25000バルトだ。大きな臨時収入を得ることになった。

「ジョージ君。レベルはいくつになった？」

「人のレベルを聞くのはマナー違反なんですよね」

「もう引っかからないか。まぁ大体のレベルはわかるから良いかな」

やはり前回言っていた、特別任務の現場責任者だからレベルを聞いたという理由は無理矢理な言い訳だったんだな。

俺は自分のギルドカードに目を落とす。そこにはレベル10の文字が表示されていた。

修練場に行く前にスミレさんは修練場の隣の魔導団本部と騎士団本部の受付に用事があると言ってきた。特別任務の途中経過の報告をするとのこと。今日の夕方に魔導団長と騎士団長との面会を申し出ていた。俺も出席しないとダメみたい。

昼までまだ時間があるので、そのまま修練場の魔法射撃場に向かった。魔法射撃場では魔導団第一隊と第二隊の隊員が30メトル先の的にいろんな攻撃魔法を放っている。一番奥が空《あ》いていたのでそこに向かう。

スミレさんが歩いていくと周りが騒《ざわ》めく。騎士団第一隊はエリートだ。その最年少で容姿端麗《ようしたんれい》なスミレさんは魔導団でも有名である。家柄も良いしね。そんな騒めきを全く気にせずスミレさんはスタスタ歩いていく。後を追う俺のほうが気恥ずかしい。

魔導団第三隊は魔導団のお荷物部署と言われているし、俺は平民出だからね。一番奥まで行くのは針の筵《むしろ》って感じ。俺は前を歩くスミレさんのお尻に全集中力を注いだ。天国だぁ。一番奥に着いたところでスミレさんから指示が出る。

「まずは1回の詠唱で何本のファイアアローが出せるのか試してみよう。できる限り多くの火の矢を出すこと。もちろん、的の中心を外したらダメだぞ」

俺は集中力をスミレさんのお尻から30メトル先の的に変えた。

「それでは撃ちます！」

制御できる確信がある本数は10本かな。いつも通り丁寧に詠唱する。

【火の変化、千変万化たる身を矢にして貫け、ファイアアロー！】

右手から10本の火の矢が出現し、的の中心に向けて凄い速さで飛んでいく。火の矢は全て的の中心に当たった。射撃場の魔道具に今のファイアアローの記録が出る。

詠唱速度　C
魔法精度　ＳＳ
魔法威力　８９５０

おぉ！　魔法精度がＳＳになっとる！　Ｓが最高値じゃないんだ。魔法威力も上がってるな。

スミレさんから驚嘆《きょうたん》の声が上がる。

「魔法精度SSで威力が9000弱か……。素晴らしいな。ファイアアローの制御は完璧《かんぺき》だった。次は何本まで制御できるか試してみよう！」

どこまで制御できるのか？　自分でも試してみたいな。少しずつ伸ばすより一気に増やして、ダメなら減らすほうが良いかな。よし、20本に挑戦だ！

「了解しました。次は20本に挑戦してみます！」

もうノリノリになってきた。早速、詠唱を開始する。

【火の変化、千変万化たる身を矢にして貫け、ファイアアロー！】

20本の火の矢が的に向かって発射された。20本でも全て的の中心に当たった。まだしっかり制御できている。調子こいた俺は、次は30本に挑戦することにした。

結果からいうと2本ばかり制御が少し甘くなって、的の中心を外してしまった。調子に乗り過ぎたか。まぁ実験だから気にしない。気にしたら負けだ。よし頑張ろう！

「30本は失敗しちゃいましたね。次は25本でいってみます」

「魔力は大丈夫か？　魔法射撃場だけでも60本のファイアアローを放っているぞ」

「ファイアアローは中級魔法の下位ランクですから余裕がありますね。まだまだ撃てそうです」

「そうか、なら次は25本でいってみようか」

笑顔を見せてくれるスミレさん。その笑顔のためならばなんでもしてあげたくなる。俺は気合いを入れて集中力を増していく。集中力が最大限に高まったところで詠唱を開始する。

【火の変化、】

右手に火の塊《かたまり》が出現する。

【千変万化たる身を矢にして貫け、】

火の塊が25本の火の矢に変化し、的に照準を合わせる。

【ファイアアロー！】

25本の火の矢は、凄い速さで一直線に的の中心に向かう。

完璧な魔法制御だ。25本の火の矢は全て寸分違わず的の中心を射抜《いぬ》いた。

「やりましたよ！　スミレさん！」

たぶんドヤ顔になっている俺を気にせず、スミレさんは射撃場の魔道具の結果を確認していた。俺も横から覗き込んだ。

詠唱速度　Ｃ
魔法精度　ＳＳＳ
魔法威力　２２４８０

すげぇ！　魔力精度がトリプルSだよ！　魔法威力も火の矢が25本だから凄く高くなっているな。結果を見ているスミレさんの動きが止まっている。

「スミレさん？　どうしました？」

「あ、いや、魔法精度がトリプルSなんて聞いたことがなかったからな。これだから動いているオーガの眼に、ファイアアローを撃ち込むなんて芸当が簡単にできるんだな」

スミレさんに褒《ほ》められて胸を張る俺。とても気持ちが良い。

「この後はどうします？」

「取り敢えずジョージ君の魔力量を知りたいからファイアアローを撃ち続けてくれ」

「了解致しました。それでは実行します」

俺は制御できる25本のファイアアローを打ち続けた。集中力が落ちてきたのか総数が３００本を超えた辺りで的の中心を外す矢が出てきた。

「ジョージ君、できれば的の中心に当たるファイアアローの総数が知りたい。制御できる本数に減らして続けてくれ」

スミレさんの言葉を受けて、一回10本に変更しファイアアローを撃ち続けた。10本だと魔力制御も楽チンだ。全て的の中心に当たっていく。

総数が８００本を超えたところでスミレさんから中断の指示が入った。

「ジョージ君はまだまだファイアアローが撃てそうかい？」

「そうですね。余裕があります。まだまだ撃てると思います」

「わかった。今日の実験はここまでにしよう。充分過ぎる結果を得ることができた。一度解散して、午後の３の鐘の時間に魔導団の団長室に来てくれ。特別任務の途中報告と今後の対応を話し合う予定だ」

そう言ってスミレさんは騎士団本部に向かって行ってしまう。置き去りにされた俺は寂《さび》しく独身宿舎の食堂に昼ご飯を食べに向かった。

午後の3鐘までは宿舎の自室で時間を潰《つぶ》した。

今、俺は魔導団の団長室の分厚い扉の前にいる。分厚い扉のプレッシャーにノックするのを躊躇《ちゅうちょ》しているとスミレさんがやってきた。

「ジョージ君、先に来てたのか。何してる。中へ入ろう」

スミレさんは分厚い扉のプレッシャーなどないようだ。気楽にノックをして入室する。俺も後ろに続いて入室した。

以前来た時と同じように、部屋の来客用ソファにはサイファ魔導団長とゾロン騎士団長の二人が並んで座っている。

ビシッと敬礼するスミレさん。キビキビした声を張り上げる。

「騎士団第一隊所属スミレ・ノースコート、また魔導団第三隊所属ジョージ・モンゴリ、特別任務の途中報告と今後の任務についての相談に伺《うかが》いました！」

慌てて敬礼をする俺。ゾロン騎士団長が俺を一瞥《いちべつ》する。サイファ魔導団長は柔和な笑みを浮かべて向かい側のソファを勧《すす》めてくれた。

席順は隣がスミレさん、真正面がサイファ魔導団長、その隣がゾロン騎士団長だ。相変わらずゾロン騎士団長は威圧感が半端ない。オーガと言われても信じてしまう。いや、きっとオーガの血を継いでいるに違いない。

そのオーガ団長（？）が厳しい口調で話し始める。

「どうした？　特別任務の東の新ダンジョン調査は始まってからまだ2週間だぞ。何か問題があったのか？」

ゾロン騎士団長はスミレさんと俺をジロリと見つめる。悪いことをしてないのに謝ってしまいそうだ。

「まずは報告を聞いてからにしましょう」

サイファ魔導団長は優しく言葉をかけてくれる。惚《ほ》れちゃいそうだ。スミレさんは背筋《せすじ》をピンと伸ばし報告を始める。

地下1階はコボルトとコボルトリーダーのみ出没。

地下2階は各種ゴブリン。ただし現在ゴブリンは武装をしていない。

一度に二人しか入れないダンジョンとはいえ、ここまでは問題がない。報告はスラスラ流れるように進む。

スミレさんが居住《いず》まいを正して今日の報告を始める。

「今朝から地下3階の調査に入りました。最初に遭遇《そうぐう》した魔物はオーガです」

驚愕する両団長。

「そんな浅い階層にオーガがいるわけがないだろ！　何かの見間違えだろ！」

怒声を上げるゾロン騎士団長。いぶかしげな顔のサイファ魔導団長が口を開く。

「せっかくの報告だけど本当なの？　私も地下3階の低層域でオーガは出没しないと思うのだけど」

両団長に怪《あや》しまれたが、スミレさんは意に介《かい》さず報告を続ける。

「あとで詳細《しょうさい》を報告致しますが、今日はオーガを5体倒しました。魔石を納品して一つ当たり10000バルトに換金されました。このことからもオーガだと証明されると思います」

怒鳴り声が部屋に響いた。ゾロン騎士団長だ。

「お前は何をやってんだ！　確かにその魔石の換金額なら魔物はオーガの可能性が高い。しかし無謀《むぼう》な判断だ！　戦力に数えられない索敵要員との二人パーティだぞ！　実質一人でオーガを5体倒すなんて自殺行為だ！」

「誠に申し訳ございませんが、できれば報告を静かに聞いてから発言してほしいのですが……」

スミレさんの発言にサイファ魔導団長が助け舟を出す。

「まずは報告を全部聞きましょう。それから判断していきましょう。このままでは話が進みませんから」

ゾロン騎士団長は口を真一文字《まいちもんじ》に結び、不満げな顔で腕を組む。どうやらこれ以上報告に口を挟《はさ》まないようにするようだ。

「それでは報告を続けます。地下3階に出没したのは間違いなくオーガです。私はオーガと戦った経験がありますから見間違えることはないです。冒険者ギルドの魔石換金額からもそれは証明されていると思います。オーガを倒したのは、不意打ちで私が1体、あとはジョージ・モンゴリが魔法で4体倒しました」

目を見開くゾロン騎士団長。口を出しそうになるのを我慢している。なかなか面白《おもしろ》い光景だ。

スミレさんの報告は淡々《たんたん》と進む。

「ジョージ・モンゴリはファイアアローでオーガを倒しました。オーガの眼にファイアアローを突き刺すことにより、オーガの脳の破壊を成功させています。ジョージ・モンゴリが人並み外れた魔力制御の持ち主だからできる芸当だと思われます。今日の午前中にジョージ・モンゴリが放つファイアアローの能力を検査致しました。一度に25本までのファイアアローを完璧に制御下に置けます。総数で300本を発動するくらいまでは的に百発百中でした。300本を超えたところで集中力が切れてきたみたいで、今度は10本に減らして能力検査を続けました。総数で800本になった時に中断しましたが、ファイアアロー10本では完全に魔法を制御しておりました。なお、800本のファイアアローを撃った後でも魔力にはまだまだ余力がありました」

スミレさんは、ここまで話して目線を一度下にする。少しの間があっただろうか。顔を上げたスミレさんは真剣な目になって口を開く。

「ジョージ・モンゴリの類《たぐ》い稀《まれ》な素敵能力。そして飛び抜けた魔法制御によるファイアアロー。はっきり言って東の新ダンジョンの調査において地下3階まではジョージ・モンゴリ一人だけで充分と思います。地下3階の調査に私はいらないのではないでしょうか？」

「あらあら、スミレさんは寄生虫にはなりたくないってことかしら？　でもダメよ。貴女《あなた》の任務は調査だけじゃないでしょ。忘れてもらっては困るのよ」

サイファ魔導団長がスミレさんを諭《さと》すように言った。

スミレさんは調査以外の任務もあるのか。大変だ。期待の新人になると無茶振りされるからなぁ。

「それに未知のダンジョンを甘く見てはいけないわ。何か不測《ふそく》の事態が生じるかもしれない。その時はスミレさんの力が必要だからね。私の考えとしては、このまま二人で調査を継続してほしいわ。ゾロン騎士団長はどう思います？」

サイファ魔導団長はゾロン騎士団長に話を振る。

「ジョージ・モンゴリがそんな簡単にオーガを大量に倒せるなら騎士団としては願ったり叶《かな》ったりだ。一緒に行動するだけで魔物討伐での身体能力向上と魔力向上の恩恵を受けることができる。深層の魔物のオーガなんて倒すのが大変だからな。交代制にして騎士団の人員を組ませたいな。騎士団の戦力の底上げになるぞ」

「まぁその辺は陛下《へいか》の意向を聞かないとダメですわね。こちらで陛下の意向を確認してみるわ。それまで今まで通り二人でダンジョン調査を進めといてね」

話が終わり、俺とスミレさんは魔導団の団長室を後にした。スミレさんの表情から少し気落ちをしている印象を受ける。

やっぱりダンジョン調査に際して寄生虫紛《まが》いの方法は納得できないのかな？　ずっと寄生虫だった俺は何とも思わなかったけど……。

適材適所で良いと思うけど、俺がスミレさんに何かを言うのは違う気がするし。相手のプライドが傷ついているのに、その傷に塩を塗り込む行為だ。こういう時は沈黙が金だな。俯《うつむ》いて歩いていたスミレさんがいきなり俺のほうを振り返った。

スミレさんの目はもう後ろ向きの考えを排除した感じである。

「今日はまだ時間があるから修練場でジョージ君の剣術訓練をしよう。せっかくだから目標を立てる。今週は私と模擬戦もしよう。来週からは東の新ダンジョンの地下1階と地下2階で実戦をしよう。目標はジョージ君一人で剣術での地下2階までの踏破だな」

前向きなのは良いことだ。だからスミレさんの魔力は静謐で清らかなんだ。

とはいえ、俺に剣術でコボルトやゴブリンの群れに突っ込めというのか！　まさかと思うがスミレさんは脳筋なんじゃないか。

まぁそれでも俺は彼女に憧《あこが》れているんだけどね。


剣術の型の素振りの後にスミレさんと模擬戦を実施した。身体能力向上を使用しての訓練だ。コボルトやゴブリンを相手にするためには攻撃の比率を高めるのが良いみたい。まずは守備を捨ててスミレさんに剣を振り下ろす。俺の剣は簡単に受け止められる。どんなに攻撃してもスミレさんに当たらない。

スミレさんから檄《げき》が飛ぶ。

「剣の振り終わりと振り始めの連携《れんけい》のところで型が崩れているぞ！　型が崩れると腰の入った一撃にならない！　意識してみろ！」

なるほど。型から型への連携か。よし！　簡単なものから試してみよう。まずは上段からの振り下ろし、そのまま斜《なな》め上に斬りあげる。

「お、いいぞ！　基本中の基本だが、今の振りならゴブリンなんかは敵ではない。いろいろ試してみろ」

言われた通り思い浮かぶ連携技《わざ》を試してみた。結構、身体を動かすのも楽しいな。

「ジョージ君は案外スジが良いな。魔導団を辞めて騎士団に入るか？」

俺は全力で首を横に振った。何が楽しくて男だらけの集団に入らないといけないんだ。騎士団の女性率は5パーセントくらいだ。魔導団は女性が半数を占める。スミレさんが在籍していようと騎士団に移るメリットはないな。おまけにスミレさんは騎士団第一隊だ。エリートなので俺が入れるわけがない。

「そこまで拒否されると悲しくなるな。まぁジョージ君は魔導団のほうが向いているとは思うけどな」

こんな会話をしながら今日の剣術訓練は終わった。

◆◇◆◇◆◇◆◇◆◇

特別任務14〜17日目。


毎日同じスケジュールをこなしていた。

朝から魔力循環をしながら魔力ソナーの併用を訓練する。

だいぶ慣れてきた。今は併用しても魔力ソナーの範囲は50メトルくらいになっている。日に日に伸びているので楽しい特訓だ。

東の新ダンジョンは地下3階を調査している。俺の索敵でオーガを探して先制攻撃。今のところは全てオーガの眼球に命中させている。一度3体のオーガと遭遇したが、問題なかった。

マッピングもだいぶ進んだ。スミレさんも俺と同じように大きなリュックを背負うことになった。オーガの魔石を拾うためだ。一つが結構でかいんだよね。

索敵、瞬殺、魔石拾い、マッピングの繰り返し。

スミレさんが戦わないため、お尻の凝視ができなくなった。痛恨の極《きわ》み。誠に残念だ。

夕方に冒険者ギルドで魔石を納品して修練場で剣術訓練。俺の剣術もだいぶ様《さま》になってきた。

スミレさんが言っていたが、来週からは攻撃だけじゃなく守りも訓練するそうだ。

あとは寝る前に1鐘の時間ほどの魔力循環と魔力ソナーの併用の練習。メキメキと魔力ソナーの範囲が広がっていく。今後が楽しみだ。時間を見つけて論文にすることに決めた。

特別任務18日目。

◆◇◆◇◆◇◆◇◆◇

今日は休みの日だ。日課の魔力循環と魔力ソナーの併用を練習した後、論文を書き始めた。

論文の題名は【体内魔法と体外魔法の同時使用について】。

実は俺みたいな最底辺の魔導成績であっても栄《は》えあるエクス帝国魔導団に入団できた理由が学生時代にまとめた論文のおかげである。

学生時代にまとめた論文の題名は【魔力ソナーの可能性について】。これがエクス帝国魔導団長であるサイファ・ミラゾールの目に留まり入団が決まった。今回、まとめる予定の論文でも何かあると嬉しいな。

【体内魔法と体外魔法の同時使用について】の論文の骨子は魔力ソナーを伸ばすことによって魔力制御を限界まで上げること。またその検証。同時使用にはたぶん精密な魔力制御が必要だ。

被験者が俺一人というのが少し寂しいが一つでも実例があるのは大きいだろう。論文というより俺の実体験をまとめたものになりそうだ。

まずは魔力循環と魔力ソナーの併用で、魔力ソナーの範囲を３００メトルくらいまで伸ばす。

その後、体外魔法を魔力ソナーではなく攻撃魔法で練習する。最終形は体内魔法の身体能力向上をしながら体外魔法の攻撃魔法を撃つことだ。

今日一日の練習で併用での魔力ソナーは１５０メトルを超えた。だんだん体内魔法と体外魔法の同時使用に慣れてきた。週明けからは体外魔法を攻撃魔法に変えてみようかと思う。

◆◇◆◇◆◇◆◇◆◇

特別任務19日目。

オーガに威圧感を感じなくなってきた。発見、即瞬殺を繰り返しているからだな。わざわざピンチを演出する必要はないもんね。

命は大事！

地下3階のマッピングはだいぶ進んできている。今週にも終わるかもしれない。ギルドカードを見てみるとレベル28と記載されている。急激なレベルアップだ。身体能力と魔力が相当伸びているはず。オーガ様々かな。

スミレさんとの夕方の特訓は予定通りスミレさんが攻撃してくるようになった。剣で受けたり、なんとか避けたりして頑張っている。スミレさんとは剣術の腕が違い過ぎるから習うことがいっぱいだ。

スミレさんとの特訓が終わり、俺は一人で魔法射撃場に赴《おもむ》いた。体内魔法を使いながらファイアアローを使う練習をしようと思ったからだ。

攻撃魔法にファイアアローを選んだ理由はよく使っているから。ファイアアローなら魔力制御にも慣れている。

一つ深呼吸をして魔力循環を開始する。今は身体能力向上状態だ。そのままファイアアローの詠唱を開始する。


【火の変化、千変万化たる身を矢にして貫け、ファイアアロー！】


右手から10本の火の矢が現れる。そのまま的の中心に向かって発射された。魔力循環は保たれている。ファイアアローは全て的の中心に当たった。

よし！　成功だ！

次は身体能力向上状態で動きながら、攻撃魔法を放つ。以前、スミレさんが現実的でないと言った行為だ。俺は身体能力向上状態で走りながら呪文の詠唱を行う。

10本のファイアアローは全て狙った的に当たった。体内魔法と体外魔法の同時使用。夢物語と言われていたことだが、俺は完全にものにした。

俺は魔法射撃場で一人吠《ほ》えていた。

◆◇◆◇◆◇◆◇◆◇

特別任務20日目。

今日はスミレさんにお願いをしてみた。

「地下1階のコボルトのモンスターハウスで討伐をやらせてもらえないですか？」

「ジョージ君なら問題ないと思うから良いぞ。身体能力向上を発動させておけば怪我《けが》をすることはほとんどないだろうしな」

「ありがとうございます。少し遠回りになりますが付き合ってください。面白いものを見せますよ」

ダンジョンの地下1階の南側に来た。50メトル四方のモンスターハウスだ。魔力ソナーで扉の先の魔力反応を確認する。6体のコボルトリーダーと23体のコボルトだ。

「それでは行ってきます。スミレさんの手助けはいりません。見学していてください」

俺はモンスターハウスの扉を開け、コボルトの集団に剣を持って飛びかかっていった。2～3体斬り倒したところで呪文の詠唱を始める。その間もコボルトを斬りまくる。

【火の変化、千変万化たる身を矢にして貫け、ファイアアロー！】

ファイアアローは6体いたコボルトリーダーの眼球に突き刺さる。俺はそのままコボルトを斬りまくる。もう一度呪文を詠唱する。残っていたコボルト9体の眼球に火の矢が命中した。

成功だ。

「どうでした？　スミレさん」

スミレさんは信じられないものを見たような顔をしている。

「今のは身体能力向上と攻撃魔法の併用なのか。剣の振りを見たところ切り替えではないな。間違いなく併用していた……」

いきなりスミレさんが俺の肩を摑んできた。そのまま俺を揺さぶるスミレさん。あん……。そんなに強くしないで。

「いったいいつからできるようになったんだ！　隠れて練習していたのか！　これは凄いことなんだぞ！　理解しているのか！」

「理解はしていますよ。落ち着いたら論文にまとめて発表する予定なんですから」

「馬鹿なことを言うな！　論文で発表したら他の国にも情報が流れるだろう！　魔導団と騎士団の団長に相談して指示を仰《あお》ぐ必要があることだぞ！」

え、俺の論文でモテモテ大作戦は……。そ、そんな馬鹿《ばか》な…。

重大な問題が生じたということで今日はダンジョン調査を止《や》めて魔導団と騎士団の団長に急遽《きゅうきょ》面会の都合をつけてもらった。

スミレさんが両団長に説明してくれたがゾロン騎士団長は完全に彼女を嘘《うそ》つき呼ばわりし、サイファ魔導団長も半信半疑の様子だ。実際に見てもらうしかないため、修練場で素振りをしながらファイアアローを撃つことに決まる。

もし本当なら情報統制の必要性があるということで人払いをおこなったようだった。魔法射撃場に藁《わら》人形を10体並べ、それを身体能力向上状態のまま剣で斬りながら、30メトル離れた的に向かってファイアアローを撃つことになった。

俺は魔力循環を開始して身体能力向上状態にする。一つ深呼吸して開始の合図をする。

「ではやります！」

藁人形に向かって走り出す。1体斬ったところで呪文の詠唱を始める。呪文の詠唱が終わったところには、7体の藁人形を斬っていた。火の矢は10本。今のところはこのくらいが安心して魔力制御ができる範囲だ。火の矢は30メトル先の的の中心に当たる。ちょうど俺が10体の藁人形を斬ったところだった。

実際に目にしたからには信じざるを得ない。両団長からは、このことは内密にしておくようにと釘《くぎ》を刺される。陛下と宰相《さいしょう》に報告し今後どうするか検討することになると言われた。

そうなのか、やっぱり俺の論文でモテモテ大作戦は終わりかぁ……。


大事な話があるとサイファ魔導団長に言われて現在俺は魔導団の団長室にいる。スミレさんはゾロン騎士団長に連れて行かれていた。

団長室のソファに座るとサイファ団長は微笑を浮かべる。やっぱりエルフって美しいなぁ。

「まずはジョージ君、貴方《あなた》に理解してもらいたいことがあるのよ。貴方自身の戦闘能力について。オーガを瞬殺する魔導師などいないわ。オーガはね、体内魔法を使うのよ。魔力循環で身体能力向上しているわ。それで耐久力が並外れているの。そのオーガにピンポイントで眼球にファイアアローを撃ち込むなんて貴方の魔力制御はまさに神業《かみわざ》。貴方は眼球があるタイプの魔物ならばなんでもファイアアローで瞬殺が可能かもしれないわね。そうね。ドラゴンですら瞬殺できるかもしれないわ」

おぉ!! 俺はドラゴンですら倒せる可能性があるのか! ドラゴンスレイヤージョージとしてモテモテになるかもしれないな。

妄想していたらニヤニヤしていたみたいだ。少し眉《まゆ》を顰《ひそ》めたサイファ団長が呆れ顔になった。

「ジョージ君。まだ自分の戦闘力について理解が薄いみたいね。貴方は現在ファイアアローを25本も精微にコントロールしているわ。対人戦でも無類の強さを誇れる力よ。多人数にも対応できるわ。眼球を狙われると敵は対処のしようがないから。眼球を保護しようとしたら何も見えなくなっちゃうでしょう」

そうなのか？　でもファイアアローは中級魔法の下位ランクだから魔導団所属なら誰でも撃てると思うけど。

「腑《ふ》に落ちない顔をしているわね。貴方のファイアアローは特別なのよ。飛ぶスピードが一般の人と段違い。あの速度だと避けることができないわ。これも類い稀な魔力制御のおかげね。私も魔力制御には自信があるけど貴方よりは劣っているわ。あんな速いファイアアローは撃てないわね」

子供に言い聞かせるようにゆっくりと話をしてくれるサイファ団長。

「貴方の魔法の長所はスピードとコントロールなの。その上、今ダンジョン調査でのレベルアップによって魔力の強さが上がっているわ。スピード、コントロール、パワーと三拍子揃《そろ》った稀有《けう》な魔導師になっているのよ」

ここまで称賛されるとは！　俺って気がつかないうちに凄くなっている⁉

「魔導師の弱点は肉体的な弱さね。体外魔法には秀でているけど、身体能力向上の体内魔法はあまり使えないわ。体外魔法と体内魔法の切り替えには時間がかかるし、併用できるなんて夢物語と思われていたのだから。魔導師の弱点は接近戦に弱いってことなの。体内魔法と体外魔法を併用できる貴方は魔導師の弱点を克服しているのよ」

もしかして俺は弱点克服のパーフェクト魔導師ジョージとしてモテモテになるのか！　俺の時代が来ている⁉

「もしどこかと戦争になれば貴方は大活躍でしょう。斥候としてもトップレベル。敵への殲滅《せんめつ》力も凄いでしょうね。貴方の戦闘能力は国として抱え込まないといけないの。これは理解しておいてね。もう一つ知ってほしいことがあるのだけど……」

何か言いにくそう。サイファ団長は重たげに口を開く。

「エルフが長生きなのは知っているわね。では何で長生きなのかわかる？」

エルフが長寿である理由？　全くわからん。俺は首を横に振る。

「エルフは人と比べて魔法に優れているの。言い換えれば魔力制御に秀でているのよ。魔力制御においては人間とエルフには越えられない壁があるのよ。貴方はその壁を越えてエルフより凄くなっているけどね。エルフの中にも魔力制御の上手い下手はあるわ。おしなべて魔力制御の上手いエルフのほうが長生きね。簡単に言うと魔力制御に優れていると不老に近づいていくのよ」

それってもしかして……。

「貴方は人間には考えられない魔力制御を獲得しているわ。私の魔力制御より凄いのだから。

人間には前例がないから確定はできないけれど、貴方は何百年も生きる可能性が高いわ。たぶん25歳くらいまで肉体的に成長して、その後はそれが維持されていくことになる」

魔力制御の熟達は不老に近づく⁉　俺って不老になっているの⁉

「いきなり言われたからまだ頭が理解していないみたいね。不老には不老の悩みがあるのよ。おいおい教えてあげるわ。貴方の処遇をどうするか国が決めるまでは今まで通りダンジョン調査を続けて。その中でレベル上げと、体内魔法と体外魔法の併用と、近接戦の熟達のため剣術にも力を入れて取り組んでね。剣術についてはスミレさんにお願いしてあるから」

確かに俺は軽いパニック状態に陥《おちい》っている。サイファ団長が疑問を一つ俺に投げかけてきた。

「それにしても人間でそこまで魔力制御に秀でているのは考えられない。魔力制御の訓練はキツいし、集中力がもたないからそんなに継続できないわ。どうやって訓練したのか知りたいところね」

まさか憧れのスミレさんの魔力を感じたいから魔力ソナーを学生時代からガンガンやっていたとは言えない。俺は曖昧《あいまい》に笑って誤魔化した。


魔導団の団長室を出て少し遅い昼食を宿舎の食堂でとる。先程のサイファ団長の言葉が頭から離れない。本当に俺は不老になっているのか？

まぁ悩んでもしょうがないか。まずは目の前の日替わり定食を食べるのが大事だな。昼ご飯を食べ終わるとスミレさんからの呼び出しを受けた。よく宿舎にいることがわかったな。

呼び出された修練場に行くと真剣な表情のスミレさんが待っていた。

「来たか、ジョージ君。実は今まではは内密にサイファ魔導団長から君の戦闘力を伸ばすようお願いされていた。先程、正式にゾロン騎士団長から君を指導するようにと命令された。近接戦闘が行えるようにとのことだ。これから騎士団第一隊で実施している訓練を君に受けてもらう。1日おきにダンジョン調査と騎士団の訓練を行うことにする。キツいかもしれないが頑張っていこう。早速今日から始めるぞ」

夕方までの騎士団の訓練だったが、今までの剣術訓練が軽いものだったと感じた。騎士団第一隊の訓練は、どこまで自分を追い込めるかが目的になっている。さすが戦争を目的にした訓練だ。ヘトヘトになり宿舎に戻る。

それでも寝る前には魔力循環と魔力ソナーの併用の練習をしてしまう自分がいる。もう習慣になっていて、やらないと落ち着かなくなっているからだ。

これから身体がもつかなぁ。

◆◇◆◇◆◇◆◇◆◇

特別任務21日目。

今日はダンジョン調査の日。スミレさんはスパルタだった。地下1階と地下2階は俺だけで近接戦闘で魔物を倒すことになった。それも身体能力向上を使わずにだ。あくまで剣術の技術だけで倒すように命令される。

コボルトとゴブリンといえど、一歩間違えば大怪我になる。緊張感が半端ない。

スミレさん曰《いわ》く、自ら枷《かせ》をかけることにより技術的にも精神的にも鍛《きた》えられるそうだ。それでも何とか地下3階に到着した。

地下3階からはオーガをサーチ&デストロイ。何て気楽な戦闘だ。ガンガン倒して、マッピングも進んでいく。地下4階への階段が見つかったが、まだマッピングが全て終わっていないため後回しにする。

俺とスミレさんのリュックが魔石でパンパンになったため、少し早いが今日のダンジョン調査を終了した。

冒険者ギルドで魔石の納品をしたが、換金額は最近気にしないことにした。それにしても凄い金額になっているので全く現実味がない。

「ジョージ君、時間もあるし、せっかくだから美味《おい》しいものでも食べに行かないか。私のお勧めのお店があるんだよ」

おぉ！　スミレさんから正式な食事のお誘いだ。断るほうが難しい。

「是非《ぜひ》お供《とも》させていただきます！」

「じゃ、身体の汚れを落としてからだな。1鐘後に宿舎に迎えに行くよ」

急いで宿舎に帰り、汗《あせ》を洗い流す。ストライプのシャツに黒のズボン、上からジャケットを着る。スミレさんと食事に行けるなら私服を新調したのに……。

まぁこれならそれなりのお店にも入店できるだろう。女性を待たせるのは男性としてマズい。

まだ早いが宿舎の入り口でスミレさんを待つ。

少し待っていると、通りの向こうから私服姿のスミレさんが歩いてきた。

白のワンピース姿だ！　これは貴重だ！　スミレさんの私服姿を初めて見た！　神様ありがとう！

スミレさんは歩きながら軽く手を振ってくれる。

おぉ！　幸せ過ぎてどうにかなりそうだ……。

「もう待っていたのか？　悪いな、待たせてしまったかな。それじゃ行こうか」

俺はスミレさんについていく。本当はスマートにこちらがリードしたいものだ。そんなスキルは俺にはないけどね。今後はもう少しそういうスキルを磨かないと俺の人生寂しくなるな。

スミレさんが連れて行ってくれたところは高級そうなお店だった。入るだけでドキドキしてしまう。さすが侯爵令嬢。個室に案内されワインで乾杯《かんぱい》する。料理はお店お任せのコースだ。ワインを飲みながらスミレさんが会話を始める。

「ゾロン騎士団長とサイファ魔導団長から君の状況の説明を受けた。今現在、帝国の中枢《ちゅうすう》では大騒ぎだ。間違いなく君は帝国に今以上に取り込まれることになる」

「取り込まれるって具体的にはどうなるのですか?」

「まず、今の部署の変更だな。最低でも魔導団第一隊の所属にはなると思う。地位も上がるだろう。その他には爵位が上がるな。たぶん子爵、伯爵になる可能性もある。状況によっては領地持ちになるかもしれないな」

うーん。他人事《ひとごと》のように聞こえる。論文モテモテ計画が、いつの間にか出世ウハウハ人生に変わってしまったようだ。

「本当にそうなりますかね。俺はもともと平民ですよ」

「君の戦闘能力を考えれば充分考えられる範囲だよ。オーガ討伐で、まだまだレベルも上がるだろうし。私も君の戦闘能力向上を助けるのが任務になったからな」

「なんか急に人生が変わりそうで頭がついてきてないです。恥ずかしいことに困惑《こんわく》しています」

「ジョージ君には前にも聞いたけど、やりたいことはないのかな? あれから君の状況は激変している。目標でも良いんだが。このまま流されて生きていくと辛い思いをするかもしれない」

仕事については国の決定に従うしかないな。これはどうしようもない。納得しなかったら他の国に行くだけだ。今の実力なら冒険者として食べて行けるだろう。

目標か……。愛する人と温かい家庭を築くこと。前に話していた時は身分違いだったけどスミレさんとの結婚の可能性は生じたのか。やっぱり無理かな。

「ありがとうございます。まぁゆっくり考えてみます。まずはダンジョン調査と戦闘能力の向上に努めますよ」

俺がそう言うとスミレさんは柔らかい笑顔を見せてくれた。

「そうだな。まだ帝国の意向がどうなるかわからないしな。せっかくの美味しい食事とお酒だ。今日は煩《わずら》わしいことを忘れて楽しもう」

確かに美味しい食事とお酒だったけど、何を食べるかじゃなく、誰と食べるかが大事と思わせてもらった会食だった。

やっぱり俺はスミレさんが好きだ!!

◆◇◆◇◆◇◆◇◆◇

特別任務22日目。

今日はダンジョン調査ではなく騎士団第一隊の訓練に参加している。訓練中はずっと体内魔法の身体能力向上を使うように言われた。

まずは全身金属鎧《よろい》を着こんで1鐘の時間ぶっ通しで走り込み。戦争時の行軍に必須《ひっす》だそうだ。

その後は剣術の型の素振りをする。変なクセがついていると教官から鉄拳制裁《てっけんせいさい》が飛ぶ。集中して素振りをすると結構疲れが溜まった。

その後は模擬戦だ。模擬剣とはいえ当たりどころが悪ければ大怪我につながる。剣術の模擬戦ながら殴ってきたり蹴《け》ってきたりする。まさに戦争格闘技だ。なるほど、騎士団第一隊はエリートだが戦い方はお行儀が良くない。訓練についていくのが精一杯《せいいっぱい》だ。

ヘトヘトになったところで俺だけの特別訓練が待っていた。剣で多人数を相手にしながらファイアアローを撃つ練習だ。

ファイアアローは威力を最小限に抑えて急所は外している。体内魔法と体外魔法併用の対人戦の実戦訓練だ。初めのうちはなかなか集中ができなく上手くいかなかったが、20分もやっていると慣れてくる。要所でファイアアローを放つことができるようになる。

騎士団第一隊の訓練はキツかったが初日としてはまあまあの手応《てごた》えを感じた。

◆◇◆◇◆◇◆◇◆◇

特別任務23日目。

今日はダンジョン調査の日だ。コボルトとゴブリンを相手にしても良い意味で余裕が持てるようになってきた。特に問題なく地下3階に入る。

地下3階のマッピングはもう少しで終わる。その最後のところにモンスターハウスらしきものが存在している。魔力ソナーで確かめてみると18体のオーガがいるようだ。

「スミレさん。この扉の先はモンスターハウスです。魔力ソナーの反応では18体のオーガがいますね。行って良いですか？」

「ジョージ君に自信があるなら私は反対をしないよ。何かあったらサポートするから安心してくれ」

なんてテンションが上がる言い方なんだろう！　これでやらなければ男じゃない！

「ありがとうございます。俺が突っ込んで一気にファイアアローを放ちます。射線が通ってないオーガはその後2発目で沈めてみせます！　それでは行きます！」

俺は扉を開けてファイアアローの詠唱をしながらオーガを確認する。こちらを見つめる目が多数。馬鹿なことに弱点を晒《さら》しやがった。

【火の変化、千変万化たる身を矢にして貫け、ファイアアロー！】

25本の火の矢がオーガの眼球に刺さっていく。倒れていくオーガの群れ。後ろにいた5体ほどが生き残っている。すかさず2度目のファイアアローを放つ。残っていたオーガも息絶えた。圧勝である。

調子に乗ってしまいそうだ。だけどこれはしょうがないと思う。それだけの戦果だ。

「圧倒的な殲滅力だな」

亡骸《なきがら》になったオーガの群れを見ながらスミレさんが呟《つぶや》いた。たしかに死屍《しし》累々《るいるい》。オーガながら少し気の毒に思ってしまう。まぁ魔石に変わるからそこまで罪悪感はない。18個の大きな魔石を二人で拾う。しめて18万バルトだ。こりゃオーガを倒しているだけで大富豪になれそうだ。帝都にオーガ御殿を建てたりして。

「スミレさん。これで地下3階のマッピングが終わりました。時間がまだあるし地下4階を確認してみますか？」

少し悩んだスミレさん。どうなるかな？

「そうだな。地下4階に降りてみようか。ジョージ君の魔力ソナーでどの程度の敵かわかるだろう。情報を仕入れて引き返しても良いからな」

オーガのモンスターハウスを出て、前に発見していた地下4階への階段に向かう。

どんな魔物がいるのかな？　まさかオーガより強いのは出てこないよな。まぁ危なかったら身体能力向上で逃げよう。

4階に繋がる階段の前まで来た。索敵として俺が先に階段を降りる。長い階段だった。4～5階分の長さだ。階段の終わりになったようだ。

地下4階は洞窟《どうくつ》になっていて、30メトル先に光が差し込んでいる。洞窟を出た瞬間に息を飲んだ。

地下なのに日が昇っている。草原が広がっている。ダンジョンの果てが見えない。

慌てて魔力ソナーを広げてみる。現在の魔力ソナーの有効範囲は以前の300メトルから大幅に伸びている。

なかなか魔力反応を感じない。もっと広げてみよう。

500メトル、600メトル、700メトル、少しずつ範囲を広げていく。1キロルを超えたところに魔力反応があった。俺の膝はガクガク震え出す。

有無《うむ》を言わせずスミレさんに命令する。

「撤退です！　ヤバ過ぎます！　あれはヤバい！」

震える膝に力を入れて洞窟に戻る。慌てて階段を登り始めて少し経つと落ち着いてきた。

俺を心配そうに見るスミレさん。

「どうした？　大丈夫か？　どんな魔力反応だったんだ？」

「わかりません。ただしそれと比べるとオーガの魔力の大きさがまるで子供のようです。それほど大きな魔力反応でした」

俺はまだ膝が震えている。

「オーガと比べても段違いに大きな魔力反応か。それは危険過ぎるな。これも団長案件だな」

「団長案件って本気ですか！　団長が行けと行ったら行くことになるんですか！　自殺行為ですよ！」

「自殺行為だろうが上官が行けと命令するならば行くのが騎士団だ。これは鉄の掟《おきて》だよ」

スミレさんに当たり前の顔で言われた。俺は少し呆れてしまう。

「騎士団の鉄の掟はわかりましたが魔導団ではそんなもの聞いたことありません。もし行けと言われたら、俺はすぐに辞表を出しますよ」

「このダンジョンは一度に二人しか入れない。地下3階を抜けるためには、君の力が必要だ。君が地下4階の調査を拒否するなら、このダンジョン調査は終了になるかもな」

そう言われると何か悪いことを言っているような気がする。俺は小市民《しょうしみん》だからな。でも命は大事だよ。

特別任務24日目。

◆◇◆◇◆◇◆◇◆◇

今日は休みだ。習慣になっている魔力循環と魔力ソナーの併用を行う。併用での魔力ソナーでも有効範囲が５００メトルを超えている。

お、今週も先輩は女を連れ込んでいるな。羨《うらや》ま…けしからん！　食堂で朝食をとるか。宿舎の食堂で朝ご飯を食べていると見知った顔の騎士の男性が寄ってきた。騎士団第一隊の訓練で一緒になった人だ。

「ジョージ・モンゴリだな。休日のところ悪いがゾロン騎士団長が呼んでいる。騎士団本部の団長室までご足労お願いする」

なんだろう？　嫌な予感がする。いや違う、これはとても嫌なことが起こる、確信だ。

「誠に申し訳ございませんが、今日は休日です。謹《つつし》んでお断り致します」

怒り顔になる騎士の男性。

「貴様は何を言っているんだ！　騎士団長が呼んでいるんだぞ！　休みなんて関係あるか！」

「俺は魔導団所属ですよ。なんで関係のない騎士団長に呼ばれて行かないといけないのですか？」

「お前は騎士団第一隊の訓練に参加しただろう！　無関係とは言わせないぞ！」

「騎士団の訓練に参加したのは、上司に当たる魔導団長の指示があったからです。今回の呼び出しとは違いますよね。用事があるなら騎士団長が来るのがスジでしょう。まぁ来てもらっても今日は休みのため会いませんけどね。今日中に俺と会いたいのならば魔導団長の指示をもらってきてください。それならば考えます」

騎士団の男性は怒りで口がプルプルしている。

「理解した。後悔するなよ！」

騎士団の男性は背中越しにもイライラがわかる様子で帰っていった。


せっかくの休日に朝から気分が悪いな。宿舎にいるとまた騎士団が来るかもしれないから外出するか。たまには街に出るのも良いな。

あ、一般に開放されている他のダンジョンに行くのも面白いかな。帝都の1番大きなダンジョンは西の白亜《はくあ》のダンジョン。とても賑《にぎ》わっているみたいだ。まあ一人でも大丈夫だろ。用意してこようっと。

装備はいつもと同じ軽装で良いか。剣だけはスミレさんからもらった騎士団ご用達《ようたし》のそこそこの剣である。魔石を拾うためにリュックも必要か。いざ行かん！

帝都から白亜のダンジョンまでは2キロルくらいの距離がある。魔力循環で身体能力向上を使えばすぐに着いた。

今日は休みの【無の日】なのに白亜のダンジョンは賑わっている。冒険者は休みがないのかな？

ダンジョンの横にある売店で白亜のダンジョンのマップを地下10階層まで購入する。魔力ソナーを使って最短距離で進んでみよう。

白亜のダンジョンは壁と天井が白い岩石のダンジョンだ。やはり壁と天井はダンジョンのエネルギーで発光している。魔力ソナーを使って最短距離を進む。前方に人間の魔力反応が４つ。その少し奥に20ほどの小さな魔力反応がある。俺は気にせず進む。

どうやら４人パーティの冒険者みたいだ。男性が二人と女性が二人の構成。どうやら体長が50セチルほどのモグラっぽい魔物にてこずっているようだ。

「こんにちは！」

俺は明るく挨拶《あいさつ》したが返答はない。

「この先に進みたいので魔物を倒しちゃって良いですか？」

前衛《ぜんえい》の男性が怒ったように声を張り上げる。

「何言ってやがる！　こんな大量のポリックを一人で倒せるわけないだろ！　丁寧に一体一体倒すのがセオリーだろ！　邪魔するな！」

何か今日はよく怒られるなぁ。厄日《やくび》だなきっと。今度お祓《はら》いに行こう。もういいや。了解を得られなかったが勝手に倒しちゃおう。

モグラもどきは皮膚《ひふ》が柔らかそうだから眼球を狙う必要はなさそうだな。でも一応眼球を狙うか。


【火の変化、千変万化たる身を矢にして貫け、ファイアアロー！】


20本の火の矢がモグラもどきに向かう。眼球に射線が通っていたのは眼球に、そうじゃないのは身体の真ん中にファイアアローを当てた。良かった。全部倒せたみたいだ。

唖然《あぜん》とする4人の冒険者。モグラもどきは全て魔石に変わっていく。とても小さい魔石だな。拾うのも面倒《めんどう》だ。ほっとこう。

「それじゃ、俺は先に行くね」

俺はその後も最短距離で白亜のダンジョンを進んだ。


低層に出てくる魔物はポリック（モグラもどき）、ゴブリン、コボルト、コウモリもどき（名前知らん）。

ゴブリンとコボルトは錆《さ》びた剣や鎧を装備していた。死んだ冒険者のものを拾って使っているのだろう。魔力ソナーで不意打ちを防ぎ、剣とファイアアローで進んでいく。魔石は小さいので拾わない。オーガの倒し過ぎの弊害《へいがい》だな。

途中から豚《ぶた》顔の二足歩行の魔物が出てきた。これがオークかな？　それほど強くない。というより弱い。俺の剣術で簡単に倒せる。確かオークを安定して倒せるようになると冒険者として一人前と言われるはずだ。オーク討伐で生活できるだけのお金が稼《かせ》げるらしい。

うん。やっぱり国から無理難題を言われたら冒険者になろう。

狼《おおかみ》みたいな魔物も出てきた。10体くらいで連携をしてくる。せっかくなので剣で戦うことにした。なかなかのスピードがあり楽しめた。

気がついたら購入したマップの最後まで来てしまった。白亜のダンジョンは10階層おきに強力な魔物が出てくる。強力な魔物は地下11階層に続く階段の前の部屋にいる。その部屋の事を冒険者はボス部屋と言っている。ボス部屋には一つのパーティしか入れないそうだ。ボスは倒されても新しいパーティがボス部屋に入ると復活するそうだ。ダンジョンの摩訶不思議だね。

ボス部屋の扉の前には4人パーティが2組並んでいた。俺はその後ろに並ぶ。皆が怪訝《けげん》そうな視線を俺に向ける。がっしりした男性が話しかけてきた。

「なんだお前は見たことないな。他の街のダンジョンから移ってきたのか？」

「いや生まれも育ちも帝都だよ」

「ここまでソロで来たのか?」

「そうだけど、何か問題があるのか?」

「ここのボスはオークキングだ。耐久力とパワーがあるから、ソロはキツくないか? 帰ったほうが身のためだぞ」

「でもボス部屋を越えた先にダンジョンの入り口に戻れる転移《てんい》水晶があるんだろ。帰るのが面倒だからボスを倒していくよ」

「馬鹿じゃないのか? だから命は大切にしろって言っているんだ!」

「オークキングってオーガより強いのか?」

「何を馬鹿なことを言っているんだお前は。そんなわけないだろ。オーガなんて化け物とオークキングを一緒にするな」

「ならたぶん大丈夫だ。俺のことは気にしないでくれ」

がっしりした男性は諦めたようで、その後は声をかけてこなかった。

それにしても結構待つな。オークキングは耐久力あるって言っていたから倒すのに時間がかかるのかな? 半鐘の時間くらい待って俺の番がきた。

ボス部屋は20メトル四方の部屋だった。中央に黒い靄《もや》が出てくる。その靄が身体の形になってくる。靄の中で目が光った。

【火の変化、千変万化たる身を矢にして貫け、ファイアアロー！】


先手必勝！　２本の火の矢が光った目に刺さった。崩れ落ちる靄に包まれた魔物。それが消えて少し経つと中くらいの魔石が出てきた。

一応持ち帰るか。俺は魔石を拾ってボス部屋の奥の通路に出た。転移水晶があり触るとダンジョン入り口まで転移した。うーん。あんまり面白くなかったな。やっぱりソロは寂しいや。同じダンジョンでもスミレさんと一緒なら楽しめたかもしれないなぁ。やっぱり何をするかじゃなく誰とするかだよな。


オークキングの魔石の納品ついでに冒険者ギルドの食堂で昼食をとるか。昼ご飯を食べていたら３名の騎士に俺は囲まれた。今日は食事中に騎士に話しかけられる日なのか？　リーダーらしき男性騎士が怒り口調で言葉を発する。

「ジョージ・モンゴリだな。騎士団本部まで来てもらおうか。拒否するなら連行するまでだ」

一体全体なんだっていうんだ。落ち着いて食事もできない。俺は魔力循環を開始した。

「その件については丁重《ていちょう》にお断りしましたよ。そのように騎士団長にお伝えください」

「おい！　連行するぞ！　取り押さえろ！」

マジですか！　吃驚《びっくり》です！　俺の腕を二人の騎士が抑えようとする。それを避け詠唱をする。

【火の変化、千変万化たる身を矢にして貫け、ファイアアロー！】

６本の火の矢が騎士の両肩を貫く。これで腕が使えなくなっただろう。ひとまず安心だ。

「先に手を出してきたのはお前らだからな。次は手加減をしない。事の経緯《いきさつ》をしっかりとゾロン騎士団長に伝えるんだな」

俺は痛みで蹲《うずくま》っているリーダーの騎士の顎を蹴り上げた。

あ、身体能力向上したままだ……。こりゃ顎の骨が砕《くだ》けているね。これじゃ報告できないや。まぁ良いか。

青褪《あおざ》めている二人の騎士。俺はニッコリ笑って宿舎に戻った。街中《まちなか》では騎士団がチラホラ見える。どうやら俺を捜しているようだ。

どうしようかな。しょうがない。魔導団本部の団長室に逃げ込もう。騎士団本部の隣だけどね。

俺は魔力ソナーを使って騎士団の捜索をかわしながら魔導団本部まで到着した。真っ直ぐ団長室に向かい扉をノックする。中から応答の声がしたので入室する。部屋にはサイファ魔導団長がいた。

休みの【無の日】でも働いているんだなぁ。大変だな。

「なんだジョージ君じゃない？　どうしたの？」

「何故か騎士団に追われています」

俺はサイファ魔導団長に朝の宿舎での出来事と先程の冒険者ギルドの食堂での出来事を話した。

「なるほど、騎士団が暴走しているようね。というよりゾロン騎士団長の暴走だわ。ゾロンの呼び出しに応じなかったのは賢明な判断ね。冒険者ギルドの食堂での乱闘騒ぎもジョージ君に非はないわ。今からゾロンをここに呼び出すけど大丈夫かしら？」

どうせゾロン騎士団長とは顔を合わせる必要があるからな。その場にサイファ魔導団長がいるほうが良いよな。

「お願い致します。何故呼び出しを受けたのかもわかっていないんです。団長に全てお任せします」

「わかったわ。このままここで待っていてね。今、ゾロンに使いを出すから」

サイファ魔導団長は一度部屋を出て、すぐに戻ってきた。

「さぁゾロンは一体何を言い出すか。まぁ、何となく予想はできているけどね」

「ご迷惑をおかけしてすいません」

「いや部下のことなら迷惑ではないわ。ジョージ君のせいでもないしね。ゾロンが全て悪いわ」

そう言ったサイファ魔導団長の顔は怖かった。

半鐘ほど待つとノックの音がした。サイファ魔導団長が入室の許可を出す前に扉は開いた。怒り顔のゾロン騎士団長が入室してきた。

俺を見るなり怒声を上げる。

「貴様！　その軟弱な根性を叩《たた》き直してくれるわ！」

「ゾロン！　黙りなさい！　私は怒っているんですよ！」

俺を殴りつけようとしたゾロン騎士団長はサイファ魔導団長の一喝《いっかつ》で挙動《きょどう》を止めた。

「そこのソファに座りなさい。ゾロン。それとも床に正座しますか？」

無言のままサイファ魔導団長の勧めたソファに座るゾロン騎士団長。その正面にサイファ魔導団長、俺はその隣に座った。

「ゾロン。ジョージ君から今日の経緯は聞きました。何故、私の許可を得ずにジョージ君を騎士団本部に呼んだのですか？　昨日決定したこと、忘れたとは言わせませんよ」

下を向いたまま無言を貫くゾロン騎士団長。サイファ魔導団長の声だけが部屋に響く。

「東の新ダンジョンの地下4階層の調査をするかどうかはジョージ君の意向をしっかり聞くことになったはずです。当然こちらの希望は伝え、最終決定はジョージ君次第《しだい》ということになりましたよね。ジョージ君の意向を聞くのは明日の予定です。出席者は私、ゾロン、陛下、宰相閣下《かっか》、皇太子殿下《でんか》、それにスミレさんとジョージ君になっています。それなのになぜその前日である今日、ジョージ君を単独で呼んだのですか？」

それでも無言を貫くゾロン騎士団長。溜め息をついてサイファ魔導団長が話し続ける。

「これじゃ話し合いになりませんね。ゾロン、あなたの考えは大体わかっています。今後一切、ジョージ君に接触することを禁じます。明日の会合にあなたの参加は許可致しません。またジョージ君に害を及ぼすことも許しません。これは直接的、間接的、どちらも駄目です。念を押した理由はわかっていますね。騎士団を使って事を起こした場合には騎士団が壊滅することを覚悟してください。またジョージ君には今後、相手の生死を問わない反撃を許可します」

サイファ魔導団長の言葉に目を見開くゾロン騎士団長。そのゾロン騎士団長にサイファ魔導団長はまだ要求を突きつける。

「現在、ジョージ君においては近接戦闘の強化が必須項目です。指導者が必要になります。騎士団の紐付《ひもつ》きでは困りますので、スミレさんを騎士団から魔導団に移すことにし、直《ただ》ちに転籍手続きを取ります。スミレさんなら継続して指導ができますし、ジョージ君の護衛にもちょうど良いですからね。以上です。何か言うことはありますか？」

ゾロン騎士団長は拳《こぶし》を強く握りしめている。かすれた声で返答する。

「特にございません。サイファ魔導団長のおっしゃった通りに致します」

「ゾロン。馬鹿な考えは改めるべきです。戦争を始めるのは簡単ですが終わらせるのは難しいものです。たとえ戦争を終わらせたとしても、疲弊《ひへい》した自国と占領地統治に四苦八苦するだけですよ」

「肝《きも》に銘じておきます」

その一言を絞り出してゾロン騎士団長は部屋を出て行った。

ゾロン騎士団長がいなくなってサイファ魔導団長と二人になった。

「ちょっと長い話になりそうだからお茶でも淹《い》れるわね」

「ありがとうございます」

細かいところはわからなかったが、サイファ団長に守ってもらったことだけはよくわかった。お茶を淹れてくれたサイファ団長が経緯を説明してくれる。

昨日、スミレさんから東の新ダンジョンの地下4階について報告を受けた。報告の内容は、魔力ソナーで感じた魔力がとんでもない魔物であったため、俺が調査の中止を進言したこと。地下4階の魔物を目視はしていないこと。地下4階の調査の実施を選択した場合、俺が辞表を出す可能性があること。

急遽エクス城で会合が開かれた。地下4階の調査を望んでいるのは皇太子殿下とゾロン騎士団長。慎重派は宰相とサイファ魔導団長。陛下は中立だったそうだ。

地下4階の調査を望む理由は地下4階の魔物も俺に瞬殺させて、より一層レベルアップをさせたいから。慎重派は地下3階のオーガで充分戦力増強ができると考えている。無理して地下4階に行って俺に死なれては損失《そんしつ》が大き過ぎるとの判断だ。結局は俺が納得しないとどちらも上手くいかない。そのため、休み明けに俺の意向を聞いて決めることになったそうだ。

昨日の経緯はよくわかった。俺はお茶を一口飲んで疑問をぶつけてみた。

「どうしてゾロン騎士団長は俺を呼び寄せたんですかね？」

「たぶん貴方を魔導団から騎士団に転籍させようとしたんじゃないかしら。騎士団には誓約書があって、上官の命令に逆らえないから。褒めたり、脅《おど》したりしながら無理矢理転籍させるつもりだったはず。今の貴方はいろんな意味で切り札になるわ」

やはり逃げて正解だったか。上官の命令に逆らえないなんて奴隷《どれい》じゃないか。危機一髪だったな。

「明日の会合の前に貴方に情報を与えておくわ。一応このエクス帝国が戦争する可能性があるのが西のロード王国ね。陛下は中立派なの。皇太子殿下とゾロン騎士団長は侵略戦争推進《すいしん》派ね。私と宰相は侵略戦争反対派。今は侵略戦争反対派が多いけれど貴方の存在で侵略戦争推進派に勢いがついているわ。貴方の単体での戦闘力に加え、東の新ダンジョンのオーガ討伐による騎士団と魔導団の能力の底上げが期待できるから」

え、俺の存在が侵略戦争推進派にとって追い風になっているんだ。

「何かすいません」

「何謝っているのよ。周りが勝手に考えていることだから気にしないで良いわよ。侵略戦争反対派にも貴方の存在は大きいわ。ロード王国への抑止力になるしね。もし貴方が不老になっていたら向こう数百年の強い抑止力だから」

サイファ団長は優しく笑いかけてくれた。

◆◇◆◇◆◇◆◇◆◇

特別任務25日目。


今日は朝から皇帝陛下からのエクス城への召喚状《しょうかん》を城の文官が持ってきていた。ご丁寧に馬車まで用意されている。召喚状を見ると10鐘の指定だったため、ゆっくりと準備ができた。用意された馬車に乗るとすぐにエクス城に向けて走りだした。

ボーっと外の風景を眺める。

つい1カ月前は魔導団本部の大部屋から修練場のスミレさんを遠くから眺めていた。俺の中身は何も変わっていないのに周りの環境がドンドン変わっていく。川の急流に飲み込まれてしまったように翻弄《ほんろう》されている自分がいる。この帝国の権威《けんい》の象徴であるエクス城に向かっているのが信じられない。しかも最高の権威者である皇帝陛下の召喚だ。逃げ出したい気持ちになるのもしょうがない。

胸には辞表を入れてきている。東の新ダンジョンの地下4階の調査を命じられたら出す予定だ。

エクス城の大きな城門を見て、改めて溜め息をついた。城の文官に案内されたのはエクス城の会議室だった。そんなに広くはない。俺が一番乗りだったようだ。中央に長方形のテーブルが置いてある。一番奥が陛下の席かな。俺は一番手前の席に案内された。正面から陛下を見る形になる。

少し経ってからスミレさんが入室してきた。俺の隣の席だ。

サイファ魔導団長と細身《ほそみ》の年配の男性が入ってきた。目を見れば切れ者と察しられる。ベルク宰相だ。サイファ魔導団長とベルク宰相は俺から見て左側に並んで座る。

それから少し経って恰幅《かっぷく》の良い50歳くらいの男性と偉丈夫《いじょうふ》の25歳くらいの男性が入室してきた。

恰幅の良い男性がザラス皇帝陛下。偉丈夫はカイト皇太子殿下だ。陛下はやはり俺の真正面の席、カイト殿下は俺から見て右側に座った。

メイドがお茶を淹れてくれる。陛下が口を開く。

「なんだ、ゾロンは来てないのか？」

「陛下。ゾロン騎士団長は急病で今日は欠席となります。どうぞよしなに」

「お、おう。そうか。それではしょうがない」

陛下はサイファ団長の返答にいろいろな意味で納得したようだ。

会合はベルク宰相が口火を切った。

「今日、集まってもらったのは帝都の東にできた新ダンジョンの対処について今後の方向性を決めるためです。皆様経緯はわかっているとは思いますが、齟齬《そご》が生じないように簡単に説明致します。東の新ダンジョンは一度に二人しか入れません。二人入った後に他の人が入ろうとすると入り口に結界《けっかい》が生じます。この結界は入った二人が出てくるまで消えません」

お茶を一口飲んで説明を続けるベルク宰相。

「新ダンジョンの地下1階はコボルト。地下2階はゴブリンが出没します。地下1〜2階では何の旨味《うまみ》のないダンジョンとなります。地下3階からは通常は深層にしか出現しないオーガが出没しております。オーガを二人パーティで連続討伐するのは自殺行為ですが、そこにいるジョージ・モンゴリの類い稀な魔法によってオーガの連続討伐が可能となっております。また二人パーティのため、魔物討伐による身体能力と魔力が上がるダンジョン効果が通常の4人パーティより格段に効率が良くなっています。ここまではよろしいでしょうか？」

ベルク宰相は皆の顔を見て、大丈夫と判断して先に進む。

「問題が生じたのは一昨日《おととい》のことです。地下4階に降りたところで、ジョージ・モンゴリが魔力ソナーを使用したところ、とても大きな魔力反応があったようです。ジョージ・モンゴリが言うにはオーガの魔力反応と比べると大人と子供くらい違うとのこと。そしてジョージ・モンゴリから地下4階の調査中止の進言がなされました。ただし彼自身も魔物の目視はしていないようです。以上が概要です」

スミレさんと俺は間違いないと頷いた。カイト殿下が俺を一瞥し、口を開く。

「目視もしていない魔物に怯《おび》えてどうする。それでも栄えあるエクス帝国魔導団の一員か。そんな腰抜けはロード王国と戦争になったら一番に逃げ出すのだろう」

少し、いや結構、いや相当、いや最大限にムカついた。既に辞表を出すことを躊躇《ちゅうちょ》していない俺の口は止まらなかった。

「俺が腰抜けなのは別に良いですよ。ただしカイト殿下はその言葉に責任を負ってください。現在、もしロード王国と戦争になれば、カイト殿下がエクス軍総帥《そうすい》となる可能性が高いです。魔導団と騎士団はカイト殿下の指揮下に入ります。是非腰抜けの俺にカイト殿下の勇敢《ゆうかん》な姿を見せてほしいですね」

「どういう意味だ」

ジロリと俺を睨《にら》みつけるカイト殿下。

不敬だろうが関係ないわな。辞める覚悟がある奴は強いのよ。

「簡単にいえば俺に代わって、カイト殿下が地下4階の調査をしてください。殿下は腰抜けじゃないんですよね」

「お前は馬鹿か。指揮する奴が最前線に出てどうするんだ！」

「なるほど。カイト殿下は自分にできないことを部下に命じる能無しでしたか。詭弁《きべん》を弄《ろう》して逃げる腰抜けでもあるんですね」

激昂《げっこう》して立ち上がったカイト殿下に陛下が声を挟む。

「やめよ。今の会話はカイトが全面的に悪い。精神論の話をしても意味がないだろ」

荒々しく座り直すカイト殿下。俺はどうやらこの皇太子殿下とは馬が合わないのかもしれないな。早めにエクス帝国を出るかな。

場の雰囲気を変える意図があるのか、ベルク宰相が俺に質問をする。

「ジョージさんに聞きたいのだが、地下4階で感じた魔力反応はそんなに凄いものだったのかな？」

「圧倒的な魔力反応でしたね。あの魔力の主にどうやったら人間が勝てるのでしょうか？　ちょうどその前に地下3階でオーガのモンスターハウスに入ったんですけど、それと比べても雲《うん》泥《でい》の差ですね」

「オーガのモンスターハウス……。それは本当か」

カイト殿下が驚きの声を上げた。スミレさんがそれに答える。

「18体のオーガがいました。ジョージ・モンゴリの魔法で瞬殺しましたけど」

「そんなに強いのなら地下4階の調査も可能ではないのか？」

カイト殿下はなかなか諦めない人だな。本当に面倒だ。

「もう面倒な話は勘弁《かんべん》してください。俺がカイト殿下を地下4階までお連れしますよ。それで魔物を目視してきてください。俺は階段の安全地帯で待っていますから」

憮然《ぶぜん》とした表情のカイト殿下。この場で地下4階の調査を望んでいるのはカイト殿下だけ。ゾロン騎士団長がいないからとても不利になっている。

もうそろそろ誰かがまとめる感じかな。満を持《じ》して陛下が口を開く。

「もういいんじゃないか。地下3階ですらジョージがいないと安定してオーガを倒せないんだ。そのジョージが地下4階は無理と言っている。ジョージに何かがあればエクス帝国の大損失だ。ジョージには地下3階でオーガを倒してもらって、魔導団や騎士団の実力の底上げをお願いしたらどうだ」

納得してないが自分に今の状況が不利と理解したのだろう。カイト殿下から反論は出なかった。陛下が俺を見る。

「どうだろう、ジョージ。魔導団と騎士団の隊員を東の新ダンジョンの地下3階に連れて行って、身体能力や魔力の増強を助けてもらえないか？」

さてどうしよう。カイト殿下はムカつく奴だが陛下は悪い人とは思えない。でもこの皇帝陛下、海千山千《うみせんやません》って感じもするんだよね。軽い条件をつけるのは良いかな。

「実は昨日、騎士団といざこざがありまして。騎士から拘束《こうそく》されそうになり3人ほど怪我を負わせました。そのとりなしをサイファ魔導団長にしてもらったんです。その件で私は騎士団に少し悪い印象を持っていますし、納得してない騎士の人もいると思います。自分のことを嫌っている人と二人パーティでダンジョンに行くのは危険です。連れて行く騎士団の方は選別してほしいと思います。ちょうどここにいるスミレさんが騎士団から魔導団に転籍するはずです。選別はサイファ魔導団長とスミレさんにお願いしたいと思います。それでよろしければ陛下のご依頼を受けさせていただきます」

少し眉を顰めた陛下。ジロリとサイファ魔導団長を睨む。

「なるほど、ゾロンがこの会合に来ないはずだ。まぁ良い。ジョージに悪意を持っていない騎士なら連れて行ってもらえるからな。ジョージ、お願いするぞ！」

まぁパワーレベリングも良いね。サイファ団長とスミレさんが選別してくれるなら安心だね。

会合が終わったと思ったらベルク宰相がみんなを止めた。

「もう一つ考えてほしいことがあります。それはジョージ・モンゴリの処遇についてです。ジョージさんの魔力制御はエルフを超えるものです。そのせいか体内魔法と体外魔法を併用することができます。これは身体能力向上をしながら攻撃魔法が使えるということです。現在は近接戦闘もそつなくこなすようになっています。弱点のない魔導師です。また類い稀な魔力制御により20本を超えるファイアアローを相手の弱点にピンポイントで狙い撃ちできます。近接戦闘、遠距離戦闘、多人数との戦闘と穴がありません。また他の追随《ついずい》を許さない魔力ソナーで斥候も得意でしょう」

何かベタ褒めだ。改めて聞くと俺って凄いのかも。いやいや調子に乗ると痛い目をみるな。

「あとこれは確定ではありませんがエルフでは魔力制御が優れているものは不老になると言われています。もしかしたらジョージさんはエルフ並みの寿命《じゅみょう》、所謂《いわゆる》不老になっている可能性があります。これだけの人材を魔導団第三隊所属というのではジョージさんに我が帝国を見限られる可能性があります」

カイト殿下が不機嫌な顔になり口を挟む。

「ベルク宰相は何が言いたいんだ？」

ベルク宰相は流れるように話す。

「私の提案としては、まずは魔導団での地位向上。魔導団第一隊に所属してもらって特別チームのリーダーになってもらいます。業務内容は魔導団と騎士団を東の新ダンジョンの地下３階に連れて行くことです。いつまでも第三隊ってわけにはいかないでしょう」

お茶で喉《のど》を湿らせて話を続けるベルク宰相。

「もう一つは陞爵《しょうしゃく》です。ジョージさんは魔導団に入団したことにより魔導爵になっておりま す。今後もエクス帝国で力を発揮してもらうためにできれば伯爵、最低でも子爵にと思ってい

ます」

カイト殿下が怒りの声を上げる。

「ベルク宰相、お前は正気か！　コイツはもともと平民だぞ！　それを歴史あるエクス帝国の伯爵だと！　寝言は寝てから言え！」

ベルク宰相も負けてはいない。

「もともと爵位とは功があったものに与えられるものです。古い家系に敬意は払いますが、ジョージさんの能力は伯爵になったとしても足りないくらいです。他の国への抑止力が抜群《ばつぐん》ですから。ロード王国なら伯爵、あるいは侯爵にするかもしれませんよ。ジョージさんがエクス帝国を見限ってからでは遅いのです。はっきり言いますが、貴方は皇太子としての自覚があるのですか？　これだけ有能な人材の気分を害することばかり言っておられる。このままでは廃《はい》嫡《ちゃく》の未来しか見えませんよ」

止まらなくなりそうな気配を敏感に感じた陛下が口を挟む。

「二人とも、少し抑えよ。それでジョージよ。この話はどう思う？」

う〜ん。参ったな。今の皇帝陛下の治世《ちせい》なら陞爵されても良いが、カイト皇太子殿下の治世ならエクス帝国を出たいな。そんなことできるのかな？　まぁダメなら本当にロード王国にでも亡命しようかな。

「まず魔導団第一隊に移るのは問題ありません。よろしくお願いします。陞爵についてはザラス皇帝陛下の治世でしたら受けたいのですが、不敬ながらカイト皇太子殿下の治世なら今のところ受けたくありません」

「ハハハハハハ！　ジョージは素直な奴だな。良しわかった。このザラスの治世の間は伯爵になれ。その後の治世についてはその時の皇帝が決めることだ。ジョージはエクス帝国に忠誠を誓《ちか》うわけではなく、まずはこのザラスに忠誠を誓うってことだな。今日一番の愉快《ゆかい》な話だったわ」

　話のわかる皇帝陛下で良かった。結構、無茶苦茶言ってたな俺。良し、宿舎に戻ったら反省しよう。


　エクス城からの帰りの馬車にはサイファ魔導団長とスミレさんと俺の3人が乗り込んだ。まぁ行き先が魔導団本部だからな。でも美人二人と同じ馬車の中にいられて幸せだぁ。馬車の中でサイファ団長が呆れた声を出す。

「ジョージ君には肝を冷やされたわ。カイト殿下にあれだけ敵意を示すなんて。吃驚したわよ」

「あぁ、これのおかげです」

　そう言って胸から辞表を出してみせた。

「地下4階の調査を命じられたら辞表を提出する予定でしたから。そのままこの国も出ようと考えていたからヤケになっていたんでしょうね」

横からスミレさんが俺の辞表を奪い取って破り捨てる。

「ジョージ君、何考えているんだ。私が騎士団から魔導団に転籍する理由を知っているだろう。君がいなくなったら無意味になってしまう。地下4階の調査を命じられても、適当に誤魔化して地下3階でオーガを倒して実力を上げてれば良いだろ」

何て悪《あく》どい考え。大人って怖い。

「今後上司になるものとしては聞き捨てならない内容だけど聞かなかったことにするわ。でも二人とも、報告と連絡と相談はしっかりしてね」

怖い笑みを浮かべるサイファ団長。即行でブンブンと首を縦《たて》に振る俺とスミレさん。

「今日付けでジョージ君は魔導団第一隊の特別チームのリーダー、スミレさんは魔導団第一隊の特別チームのリーダー補佐ね。役職の正式名称は後から考えるわ。それとスミレさんにはできる範囲でジョージ君の護衛もお願いしたいのよ。まだ近接戦闘には隙《すき》があるものね」

「「了解致しました」」

「二人とも良い返事ね。今週は二人で東の新ダンジョンでオーガを倒してきてね。その間にダンジョンに連れて行く人の選別をしておくわ。できるだけ多くのオーガを倒しましょう。他の隊員を連れて行くことになるとスミレさんはあまりダンジョンに行けなくなるからね」

俺とスミレさんは早速午後からオーガを倒しに東の新ダンジョンに向かった。

◆◇◆◇◆◇◆◇◆◇

特別任務26～29日目。

この4日間はスミレさんのレベルを上げるために一心不乱にオーガを倒しまくった。はっきり言って、それしかやっていない。朝から晩までオーガ討伐。宿舎には寝に帰るだけの状態だ。

まずは全速力で地下1階と地下2階を抜ける。オーガのモンスターハウスに直行。ファイアアローで瞬殺する。確かめた結果、2鐘程度の時間でモンスターハウスのオーガが湧《わ》く。その2鐘の時間は魔力ソナーを広げてオーガを探す。次から次と倒しまくる。

魔石を入れたリュックサックがどんどん膨らむ。

2鐘の時間が経ったところでもう一度モンスターハウスに突攻し瞬殺。魔石を拾ってダンジョンを出る。ダンジョンの入り口の脇には騎士が駐在している掘立小屋がある。その掘立小屋で魔石を預かってもらう。

そしてまた地下3階に降りてモンスターハウスのオーガが再度湧くまで周囲でサーチ&デストロイ。モンスターハウスを2回全滅させると大体リュックサックがいっぱいになる。

4鐘の時間おきに魔石を預けにくる俺とスミレさん。唖然とする詰所《つめしょ》の騎士。

朝の6鐘から夜の22鐘まで1日に4回魔石を掘立小屋に預けに来ることになる。最後の夜の

22鐘の時間には冒険者ギルドの職員が魔石を掘立小屋まで取りに来てくれるよう頼んである。そして俺とスミレさんは眠りに帰る。

これだけのことを続けても体力も魔力も充分足りていた。最後の日は冒険者ギルドで保管してもらっていた4日分の魔石の納品を行った。何体倒したのかわからん。金もどうでも良い。ただ自分のギルドカードを見るとレベルが52になっていた。

レベルは高くなると上がりにくくなる。一般的にレベルが10を超えると駆け出し卒業、20を超えると中堅、30を超えると一流、40を超えると超一流、50を超えると伝説と言われているみたいだ。

遂《つい》に伝説レベルまで上がったのか。身体能力も魔力も以前とは桁違《けたちが》いに伸びたように感じる。全体的に身体を動かす速さが上がったし反射神経も良くなった。魔力は尽きる感覚が全くない。

果たしてスミレさんのレベルはいくつなんだろ？　まぁ聞かないけど。

そういえば俺のギルドランクも気がつけばCランクになっていた。これ以上は偉業ですか。それとも15年の経験か。

帰り際にスミレさんから呼び止められる。

「来週からはダンジョンに一緒に行けないから寂しくなるな。明日は【無の日】で休みだ。せっかくだから二人でこの間の店でご飯を食べないか？」

俺は当然、首を縦に振っていた。

「じゃ、午後の2鐘の時間に待ち合わせして軽く街をぶらつこう。その後食事だな。宿舎まで迎えに行くから」

◆◇◆◇◆◇◆◇◆◇

特別任務30日目。

今日は間違いなくスミレさんとデートだよな。久しぶりに朝、魔力循環と魔力ソナーの併用の練習をした。併用していても魔力ソナーの有効距離は1キロルを超えていた。最近は無意識のうちに魔力循環をしている。身体の硬化作用もあるから安全になるよね。

午後の1鐘半、既に自室で魔力ソナーを広げている。

…………キタ!!

静謐で清らかな魔力が魔力ソナーに引っかかった。俺は何食わぬ顔で宿舎の外に出る。

少し待つと薄い水色のワンピースのスミレさんが歩いてきた。

今日の私服もグッドです。いつもはポニーテールにしている髪型を今日は下ろしている。銀髪が太陽の光を浴びて輝いている。

　本当に俺の嫁にならないかな。今日はチャンスのような気がする。

「今日も外で待っていてくれたのか？　気を遣《つか》わなくて良いのに」

「私服のスミレさんも素敵ですね。とても似合っていますよ」

　顔が赤くなるスミレさん。あまり褒め言葉に慣れていないのかな？

「じょ、冗談はそれくらいにして行くぞ！」

　スミレさんが先に歩き出してしまった。慌てて追いかける俺。

「どこに行くんですか？」

「ジョージ君は今度、伯爵になるんだろ。式典用の服が必要になる。どうせ忘れていると思ってな。うちのノースコート侯爵家が贔屓《ひいき》にしている洋服屋があるんだ。そこで服を買おう」

　式典用の服かぁ。確かに必要だな。全然頭になかったわ。危ない、危ない。持つべきものは気の利《き》く嫁（予定）である。

　スミレさんが連れて行ってくれた洋服屋は高級品を扱うところだった。店構えからしてオシャレだ。オーガの魔石納品でお金は余っているから問題はない。

「いらっしゃいませ」

　お店に入るなり年配のスラっとした紳士が応対してくれる。こういう高級店に入るとどうしても緊張してしまう小市民な俺。スミレさんは堂々としている。

「こちらの男性が今度陞爵するため、式典用のスーツをお願いに来たんだ。何種類か似合いそうな色を持ってきてくれ」

「スミレお嬢様が男性を連れてくるとは。それも陞爵で式典用の服をご入用ですか。お若いのになかなか優秀な方のようですな」

「今度から私の上司になる人だ。気合いを入れて作ってくれ」

「了解致しました。腕に縒《よ》りをかけてお仕事させていただきます」

店員の紳士は10種類くらいの布を持ってきてくれた。

「ジョージ君は髪色と瞳《ひとみ》が黒だから何色でも似合うな。ただ今後もいろいろな式典に使えるように落ち着いた色にしたほうが使い回しができて無駄にならないか」

スミレさんは俺の肩に次から次と布地を当てて楽しそうだ。スミレさんは紺《こん》色を俺に似合うと選んでくれる。差し色は明るめの青だ。スーツの形は見本を着てスリムに見えるシルエットタイプを選択。出来上がりまで2週間。

俺は支払いをしようとしたがスミレさんが既に払っていた。

「この4日間、ジョージ君は私のレベル上げのためにオーガ討伐を頑張ってくれた。そのお礼だよ」

なんて男前な発言。こういう時は遠慮をしないほうが相手も喜んでくれる。ただし相当喜ぶ必要はあるが。

「スミレさん、ありがとうございます。陸爵の式典では緊張すると思いますが、このスーツを着ればスミレさんを思い出して安心できそうです。大切に着させていただきます」

「まだまだスーツに合うアクセサリーの小物も必要だぞ。このままお店を回ろう」

洋服屋を出てアクセサリー店に向かう。式典用のアクセサリーなどわからないから全てスミレさんに任せた。

俺はアクセサリー店に入って、あるアイディアが浮かんだ。

「今日でスミレさんと受けた特別任務が1カ月になります。二人で1カ月間パーティを組んだ記念にお揃いのアクセサリーを買いませんか？」

「それは良いな。私もこの1カ月はたくさんの思い出ができたよ。記念品を買うのは嬉しいな」

二人で選んだ結果、お揃いのシルバーのブレスレットを購入する。

俺のブレスレットにはスミレさんの瞳の色である翠《みどり》色の石を埋め込んだ。スミレさんのブレスレットにも俺の瞳の色の黒の石が入れてある。ブレスレットの裏には「G&S」とイニシャルを刻印《こくいん》してもらった。もうこれって恋人同士と言っても過言じゃないような……。

少し時間が早かったが以前行った飲食店に向かった。今回も個室に案内される。今日はダンジョン調査の打ち上げということでシャンパンで乾杯をした。シャンパンの炭酸が渇《かわ》いた喉に心地良い。

いつもと違って髪を下ろしているスミレさんが大人っぽく感じる。食事をしながらダンジョン調査での他愛《たあい》のない思い出話をしていく。

「ジョージ君。そういえばダンジョンの階段で夜を過ごした時の会話を覚えているかい？」

「何かやりたいことがないのかってヤツですか？」

「そうだ。私はやりたいことと将来の夢を聞いたな。あの時のジョージ君と比べると今の君は才能を開花させた。やりたいことがあれば大体のことができるだろう。もう一度聞くが、今もやりたいことはないのか？」

「俺は出世欲が皆無《かいむ》ですからね。あ、でも先週の休みの日にソロで白亜のダンジョンに行って来たんです。ソロでなんとなく寂しい思いがありまして、気の合う仲間と冒険者をしてダンジョン探索なんてのに少し憧れましたね」

「ダンジョン探索か。それは楽しそうだな。ジョージ君がダンジョン探索をするのならば到達階数の更新をしそうだな」

「でも今は現実味がない話ですね。俺はエクス帝国に囲われるわけですから。魔導団と騎士団の能力の底上げは俺にしかできません。軍隊の戦力増強は国の安定に直結しますからね」

「愛する人と温かい家庭を作りたいという夢はどうなんだ？」

「どうとは？」

「愛する人が身分違いだって言っていただろ。今度ジョージ君は伯爵になるんだ。伯爵なら、上は公爵令嬢とだって結婚できるぞ。下は君さえ問題なければ平民とだって結婚できる。まぁ皇帝陛下の娘、皇女とはまだ身分違いだけどな」

「あれは例えばって言ったじゃないですか」

「その例えは君のことなんだろ？　それくらいは恋愛に疎《うと》い私でもわかるよ」

アルコールも入って、いつもより気楽に話せる。伯爵になれば侯爵令嬢のスミレさんとも身分違いではない。年齢はスミレさんが一つ上の21歳。

これは、今が告白するチャンスなのか？　今が人生の岐路《きろ》なのか？　スミレさんとの今の関係を考えると全く脈がないという感じではない。

でもアルコールの力を借りて告白するのは間違っていると思う。告白するなら正式に伯爵に陞爵されて素面《しらふ》の時だ。

「まぁその辺はおいおいですね。それよりスミレさんのやりたいことと将来の夢はなんですか？」

「何か上手く誤魔化されたな。まぁ良い。私のやりたいことか。やりたいことは自分を磨くことだな。

今より強くなりたいな。魔導団に転籍になったので体外魔法を訓練しようと思っている。少しでも遠距離攻撃ができれば戦闘に有利に働くからな。ただ身体能力向上と攻撃魔法をスムーズに切り替えられないと駄目だけどな」

体内魔法と体外魔法の切り替えか。俺は簡単にできたけど一般的には厳しいのかな？　魔力制御の訓練が効果的かも。

「もしかしたら魔力制御の訓練がその切り替えには効果的かもしれませんね。俺の場合は魔力ソナーを使いまくっていました。それのおかげで魔力制御が得意になりました」

「魔力ソナーを使いまくっていた？　日常生活に必要か？　でも魔力ソナーを伸ばす訓練は集中力がすり減るから辛いんだろ？」

う～ん。俺の場合はスミレさんの魔力を感じるために魔力ソナーの有効範囲を伸ばしていった。俺は全く辛いと感じたことがなかったな。

まさに俺の座右の銘である【欲望は成長の糧である】を忠実に行っただけである。

「少しずつでも良いんで魔力ソナーの有効範囲を広げる訓練をすると良いですよ。あとスミレさんの将来の夢はなんですか？」

「これはやりたいことと繋がるんだが、私は民を守りたいんだ。みんな、幸せに暮してほしい。そのためにその民を守る力が欲しいんだよ」

そう言ったスミレさんの翠色の瞳はキラキラしていた。

第2章　魔導団第一隊修練部始動

魔導団第一隊修練部1日目。

今日から5月である。若葉の眩《まぶ》しい季節になったな。俺の役職の正式名が決まった。
エクス魔導団第一隊修練部部長である。

今日から魔導団と騎士団の人と二人パーティを組んで〝修練のダンジョン〟の地下3階に行くことになる。ちなみに修練のダンジョンとは東の新ダンジョンの仮の名前だ。

修練のダンジョンは一般に開放せず、国の軍隊が修練をするダンジョンとすることに決まった。修練のダンジョンは二人までしか入れないし、地下1階と地下2階では収益が少ない。地下3階に降りれば大抵《たいてい》の者は破壊の権化《ごんげ》のオーガに蹂躙《じゅうりん》される。一般に開放しても不人気ダンジョンにしかならないと予想されたのもエクス帝国軍専用とした理由だ。

俺の一日の仕事のスケジュールは、午前中は修練のダンジョン、午後はスミレさんと近接戦闘の訓練となった。スミレさんは午前中に体外魔法の訓練をするそうだ。

ダンジョンに連れて行く人員は、今週と来週は騎士団第一隊から選抜《せんばつ》されている。騎士団第一隊は対外的な脅威《きょうい》に対応する。簡単にいえば他国との戦争が管轄《かんかつ》になる。

そのため早めに能力向上を図《はか》りたいと陛下《へいか》から言われたようだ。ただし政治的な判断で侵略戦争推進《すいしん》派は避けられている。自国防衛のほうに意識が向いている人が選ばれているようだ。

ここで俺が騎士団第一隊に顔を売れば、午後からの近接戦闘の訓練にも付き合ってもらえそうだ。

頑張って、愛想《あいそ》良く応対しよう。愛想を良くするのは無料《ただ》だからね。

朝の8鐘《かね》に修練のダンジョンの前で待ち合わせだ。既《すで》に若い男性騎士が待っていた。

「エクス騎士団第一隊所属のライバーです！　今日はよろしくお願いします！」

「エクス魔導団第一隊所属のジョージです。こちらこそよろしくお願いします」

とてもハキハキしている男性だ。第一印象はとても良い。

「それでは行きましょう。ライバーさんは基本的には俺の後ろについて来てください。魔石は拾ってリュックサックに入れていきましょう。索敵《さくてき》と討伐《とうばつ》は俺がやります。道は覚えていますので安心してください。では行きましょう」

修練のダンジョンへ俺を先頭に入った。魔力循環《じゅんかん》をしながら魔力ソナーを広げる。最近は併用しても全く問題なくなっているな。やっぱり慣れだよね。

軽く走りながらコボルトを剣で倒していく。魔力循環で身体能力向上をしているため楽勝だ。

騎士のライバーさんも身体能力向上を使用しているため、俺に簡単についてくる。

地下2階もゴブリンを倒しながら進んでいく。地下3階に続く階段に着いた。ここまでは問題がない。

「ジョージさんは本当に魔導師なんですか？　剣術と身体能力向上のレベルが尋常《じんじょう》じゃないんですけど……」

「一応魔導師だと思います。得意なのは魔力ソナーと魔法のファイアアローですから」

「そ、そうなんですか……」

「それでは地下3階に行きますね。オーガが出ますが安心してくださいね」

効率的にオーガを倒すためにはオーガのモンスターハウスを目指すのが一番良い。真《ま》っ直《す》ぐモンスターハウスに向かう。

途中でオーガと3回遭遇《そうぐう》したがファイアアローで瞬殺する。ライバーさんは驚愕《きょうがく》の目を俺に向けていた。

オーガのモンスターハウスに到着だ。俺は何の躊躇《ちゅうちょ》もなく扉を開く。そしてすぐに詠唱《えいしょう》する。

【火の変化、千変万化《せんぺんばんか》たる身を矢にして貫《つらぬ》け、ファイアアロー！】

30本の火の矢がオーガの眼球に刺さっていく。眼球に射線が通ってなかったオーガは生き残っている。すかさず2発目のファイアアローを放った。

オールクリア！

呆然《ぼうぜん》としているライバーさん。オーガは大きな魔石に変わっていく。

「ライバーさん！　魔石を拾って、次に行きましょう！」

ハッと正気に戻り慌《あわ》てて魔石を拾うライバーさん。全《すべ》てを拾うと俺はすぐに行動を開始する。

魔力ソナーを広げる。

「あちらのほうにオーガが2体います。早く行きますよ」

俺はモンスターハウスを出て魔力反応があった場所まで走っていく。後ろを見るとライバーさんが追いかけてくる。


【火の変化、千変万化たる身を矢にして貫け、ファイアアロー！】


オーガの姿が見えたら瞬殺。魔石を拾いながら魔力ソナーを広げる。

「次は右方向です。走りますよ」

モンスターハウスのオーガが復活するまでサーチ＆デストロイを続ける。なかなか良いペースだ。ライバーさんもしっかりと魔石を拾ってくれている。

2鐘の時間くらい経《た》ったところでモンスターハウスにオーガの魔力反応を感じた。

「モンスターハウスのオーガが復活しました。向かいましょう」

早速《さっそく》、モンスターハウスに入って瞬殺する。魔石を拾い終わったところでリュックがいっぱいになった。

「一度ダンジョンを出て詰所《つめしょ》に魔石を預けに行きましょう」

頷《うなず》くライバーさん。もう驚愕の顔は見せていない。詰所に魔石を預けて、もう一度ダンジョンに入る。

またモンスターハウスのオーガが湧《わ》くまでサーチ&デストロイを行う。昼近くなってモンスターハウスのオーガが復活した。

「さぁもう少しで終わりですよ。頑張りましょう」

ライバーさんに声をかけてモンスターハウスに突入する。そこで30本、帰りがけに5本のファイアアローを放ち殲滅《せんめつ》した。魔石を拾い終わったところでライバーさんから声をかけられた。

「ジョージさんには驚かされました。こんなに強い人は初めて見ました。モンスターハウスでの30本のファイアアローは最高でしたよ！」

褒《ほ》められてしまった。やっぱり嬉《うれ》しいね。

「ありがとうございます。そう言ってもらうと嬉しいですね。あとはダンジョンを出るだけです。最後まで気をつけて行きましょう」

ダンジョンの外に出ると冒険者ギルドの職員が待っていた。魔石の運搬のためで、これから毎日12鐘過ぎに来てくれることになっている。これだけの魔石を納品するのはお得意様だからね。

冒険者ギルドで魔石の納品を行った。ライバーさんはレベルが上がったことも嬉しいが魔石納品の臨時収入も嬉しいみたい。ライバーさんは家庭を持っており、お小遣《こづか》い制で自分が自由に使えるお金が少ないそうだ。

う～ん。妻帯者も大変かもしれない。俺の嫁（予定）は財布《さいふ》の紐《ひも》が堅いかな？

せっかくなのでライバーさんと冒険者ギルドの食堂で昼ご飯を食べる。

「今日は吃驚《びっくり》することがたくさんありましたよ。ジョージさんについていくので精一杯《せいいっぱい》でした。あれだけ走るとなると体内魔法の身体能力向上が使えないと厳しいですね」

なるほど。ずっと走りっぱなしだったな。魔導団の人は大丈夫かな？　でも魔導団の第一隊と第二隊の人ならある程度は体内魔法も使えるだろうな。

「そういえば騎士団の人って侵略戦争推進派はどのくらいの割合でいるのですか？」

「確かにゴリゴリの侵略戦争推進派もいるけど、そんな人は一部だけだよ。ただ家が侵略戦争推進派の場合もあるからね。侵略戦争って結局、戦功を立てるチャンスだからね。出世欲があると戦功は欲しいよね。平和だと明確な功は上げにくいから」

難しいんだな。政治や出世の世界はわからないや。

午後からはスミレさんとの近接戦闘訓練だ。騎士団第一隊の訓練に混ぜてもらう予定だ。午後からの途中参加のため、まずは個人訓練だ。体内魔法の身体能力向上を常時使う。

最初に1鐘の時間、全身金属鎧《よろい》での走り込み。その後は剣術の型の素振りをする。スミレさんが俺に変なクセがついてないか確認してくれる。しっかりと集中して素振りを行う。

ここまでが準備運動だ。そして騎士団第一隊の模擬《もぎ》戦に混ぜてもらうことになる。この間の休みの朝、俺の宿舎に来た隊員と冒険者ギルドの食堂で絡《から》んできた3人の隊員は、騎士団第二隊所属だったようだ。取り敢《あ》えず第一隊にはいなくて良かった。

騎士団第一隊と模擬戦を行うのは2回目だ。レベルアップの影響もあるのか、前回より余裕を持って相手ができる。やっぱりダンジョンでの討伐の恩恵ってデカいな。これもオーガ様々です。

前回は模擬戦の後はヘトヘトになったが今回は体力に余裕がある。ここから俺だけの特別訓練だ。

剣で多人数を相手にしながらファイアアローを撃つ訓練。これも前回よりファイアアローの使い方が上手《うま》くなってきている。接近戦闘中でもファイアアローの詠唱が余裕ででき、火の矢の制御《せいぎょ》も15本は楽にできるようになっていた。

なかなか充実した一日だった。

◆◇◆◇◆◇◆◇◆◇

魔導団第一隊修練部2〜4日目。

午前中のパワーレベリングは順調だ。今のところ騎士団第一隊としかパーティを組んでいないため、体力的に問題がある者はいない。騎士団第一隊は毎日訓練で全身金属鎧を装備して1鐘の時間走っているからな。魔導団の人と組んだらどうなるのか。

お昼はいつもダンジョンに行った人と一緒に冒険者ギルドの食堂で食べている。こういう人間関係構築が人生には大事だよね。

午後からの訓練は厳しさが増してきた。スミレさんの指示でより負荷《ふか》をかけるようになった。全身金属鎧の1鐘の時間の走り込みは、一番重い鎧を着て、重石を入れたリュックサックを背負っておこなっている。素振りをするのにも重い剣を使うようになった。

模擬戦は俺だけ休みなく連続しておこなう。相手もより激しく攻めてくる。俺だけの特別訓練である、剣で多人数を相手にしながらファイアアローを撃つ訓練でも、これまで5人を相手にしていたのが一気に10人に増えた。

いったい俺は何になりたいんだろう？　疑問に思ってしまいながらも、周囲に流されて訓練をこなしていく俺。スミレさんが言っていた【やりたいこと】をしっかりと持っていないからだな。改めて大事なことなんだなと感じる。

それでも朝と晩の魔力循環と魔力ソナーを併用する自主訓練は続けてしまう。

◆◇◆◇◆◇◆◇◆◇

魔導団第一隊修練部5日目。


やったー！　明日は休みだ！　今日一日頑張ろう！

午前中のパワーレベリングを終え、冒険者ギルドの食堂で昼ご飯を食べて魔導団本部に行く。休みの前日の午後は修練部活動を団長に報告する時間ということになっている。

相変わらず魔導団の団長室の扉は厚い。プレッシャーがキツいな。深呼吸をしてノックをする。中から返事があったので入室した。

奥のデスクでサイファ団長が仕事をしていた。

「あぁ、もうそんな時間なのね。ちょっとそこのソファに座って待っていてね」

来客セットのソファに座り一息つく。忙しそうに働いているサイファ団長。改めて見ると本当に美しい人だなぁ。

緑色の長い髪、涼しげな目元、スッと鼻筋が通っている。顔のパーツが完璧《かんぺき》な位置に配置されている。エルフの神秘だなぁ。

サイファ団長に見惚《みと》れていると目が合ってしまった。クスッと笑うサイファ団長。

「どうしたの？　ジョージ君。そんなに見つめられると恥《は》ずかしいんだけど……」

「あ、いえ、失礼しました」

「ま、良いけどね。他人の視線には慣れているから。これでキリが良いかな。それでは修練部の報告を聞きますか」

他人の視線に慣れているなんて美男美女じゃないとできない発言だな。まさにエルフクオリティー！

「えっと、では報告させていただきます。修練のダンジョンに連れて行ったのは今週は5人です。その全てにおいてオーガのモンスターハウスを3回全滅させております。どの隊員も騎士団第一隊所属で体力があったため走り続けてオーガ討伐ができました。今後は魔導団の方を受け入れた時、そのスピードで動けるかが懸念《けねん》事項です」

「まずは問題なくスタートが切れて良かったわ。魔導団第一隊の隊員ならば身体能力向上も少しはできるから、何とかなるかな？　無理そうならスピードを落として対応してね」

「午後の訓練は充実しております。スミレさんの指示により適宜《てきぎ》、訓練の負荷を増やしています。自分の成長を実感しているところです」

「それは重畳《ちょうじょう》ですね。貴方《あなた》の近接戦闘の強化は魔導団第一隊としては重要事項です」

俺の近接戦闘の強化が魔導団第一隊の重要事項？

「そうなんですか？」

「あら自覚がなかったのかしら。せっかくだから説明しますね。魔導団第一隊と騎士団第一隊は外敵との戦闘行為を主目的とする部隊です。まぁ他国との戦争ですね。貴方は戦争の戦力として期待されているってことです。そのために弱点である近接戦闘の訓練をしているのですよ」

第一隊に移ったから戦争があったら人殺しをしないとダメか。まぁしょうがない。戦争がなくなることはないもんな。

「了解致しました。戦争になったとしても実戦で活躍できるように準備致します」

「そんなに肩に力を入れないでね。現時点では戦争はないから。それにエクス帝国の戦力が上がれば、他の国が攻めてくる可能性が下がるのだから。貴方はそれに寄与《きよ》しているのよ」

「ありがとうございます。そう言ってもらえると嬉しいです」

「あ、それと貴方の陞爵《しょうしゃく》の日が決まったわ。6月1日の【青の日】ね。なんでも百年くらい前に爵位を返上した伯爵家を再興させるそうよ。名前はグラコート家ね。陞爵後はジョージ・グラコート伯爵になるわ。確かジョージ君はご両親がいなかったわよね？」

「はい。父は学生時代に亡くなっております。母は妹を連れて蒸発しております。祖父や祖母もいないです」

「じゃ、今は天涯孤独《てんがいこどく》の身ってことかしら？　私を家族にしてみる気はないかしら？」

「ありがたい申し出ですが、冗談にしても笑えないですよ」

「あら、結構本気よ。私はエルフだから普通の人間と結婚するのにはハードルが高いのね。どうしても先に死なれてしまうから。できれば同じ時を過ごせる人と結婚したいわ」

「まだ俺が不老かどうかわからないじゃないですか？」

「あの後、エルフの里の研究者に連絡したのよね。その研究者は魔力制御の優劣と老いについて研究しているの。たくさんの人間のサンプルデータを持っていたわ。その結果から考えると、九分九厘、貴方は不老になっているそうよ」

そっか……。やっぱり不老になっているのか。喜んで良いのか悲しんで良いのかわからないな。

同じ時を過ごせる人か……。

もしスミレさんと結婚できたとしても二人とも幸せになれるのかな？　それとも二人とも不幸せになるのかな？　不老についてゆっくり考えてみよう。

◆◇◆◇◆◇◆◇◆◇

魔導団第一隊修練部6日目。


今日は幸せの日、そう休日だ！　うん……。空元気《からげんき》だ。

昨日のサイファ団長の不老の話が重かった。同じ時を過ごせる人と結婚したいか……。どうすれば相手も幸せで俺も幸せな結婚ができるのだろう。簡単には答えが出ない。いやきっと正しい答えはない。

今日はどうしてようかな？　外をぶらつく気持ちにもなれないや。ベッドに横になりながら魔力循環と魔力ソナーの併用でもずっとやってるか。

その時ノックの音がした。休みの日に誰だ？

ドアを開けるとエクス城の文官の制服を着ている人がいた。

「ジョージ・モンゴリだな」

知らない人だ。

「そうですけど、なにか？」

「カイト殿下《でんか》よりエクス城への召喚状《しょうかんじょう》をお持ちした。できる限り迅速《じんそく》にご用意をお願いしたい」

カイト殿下？　召喚状？　なんだ？　行きたくないけど、そういうわけにはいかないな。

「わかりました。今から準備致します。少々お待ちください」

「私は外の馬車でお待ちしておりますので、よろしくお願いします。それでは」

慌てて魔導団の制服を着る。仕事関係なのか、プライベートでの呼び出しなのかわからないからだ。

顔を洗い、寝癖《ねぐせ》を直して準備完了。宿舎の外に止まっている馬車に飛び乗る。すぐに馬車は走り出す。

いったい何の用なんだろう。まぁ困ったことになったらサイファ団長の名前を出して切り抜けよう。俺の重い心とは違って、空は快晴だった。

エクス城では来客用の部屋に案内された。メイドがお茶を淹《い》れてくれた。10分くらい待っているとカイト殿下が護衛《ごえい》を引き連れやってきた。俺は席から立ち上がり敬礼して挨拶《あいさつ》する。

「エクス帝国魔導団第一隊のジョージ・モンゴリです。召喚の指示に従い、エクス城に登城致しました」

カイト殿下は鷹揚《おうよう》に頷き、俺に着席を勧《すす》めた。カイト皇太子は俺の正面に座る。護衛はその後ろで俺を見つめている。メイドが改めてお茶を淹れ直してくれた。

「そんな堅苦しい挨拶をお前に求めてないぞ。この間の会合のような言葉遣《づか》いで良い。別に不敬でも罪に問わん」

う～ん。まだ召喚理由がわからん。本当に言葉遣いを普通にして良いのか？　まぁ良いか。

「それは助かります。育ちが悪いのでこちらのほうが気が楽です。それで今日はどのような用事でしょうか？」

「この間、お前が言っていたな。もし戦争になったら、俺がエクス軍総帥《そうすい》となる可能性が高い。その時は魔導団と騎士団が俺の指揮下に入るとな」

「確かに言いました。事実ですから」

「そうだな。事実だ。戦争になったら主力は魔導団と騎士団の第一隊になる。魔導団第一隊のエースがどの程度の戦力なのかを知っておく必要があるだろ。お前がどの程度強いのか見学がしたい」

「わかりました。別に構いませんがどうすれば良いですか？」

「今、お前は魔導団第一隊修練部の部長だな。午前中は修練のダンジョンの地下3階に騎士団を連れて行っているんだろ。それに俺を連れていけ」

「修練のダンジョンは国の管理となっております。勝手に探索することはできません。できれば上司の魔導団団長サイファ団長に許可を取っていただけると嬉しいです。ただ平日の午前中は既《すで》に予定が埋まっております。平日の午後か、今日のように休日がよろしいかと思います」

「別に誰も入っていないなら、今日の午後でも問題ないだろ！」

「俺の権限外のことを言われても困ります。それに俺の実力を見たいなら修練のダンジョンに行かなくても平日の午後に修練場で騎士団第一隊と訓練しておりますので、そちらを見学したほうが良いかと思いますが」

「俺は実戦を見たいのだ。訓練など見ても実際の強さがわからないじゃないか」

「実戦を見たいというなら、やはり修練場の訓練の見学ですね。実戦形式の模擬戦や俺特有の多人数との模擬戦もありますから。修練のダンジョンのオーガ討伐なんてただの作業ですよ」

「ただの作業じゃないことをやれば良いだろ。そうだな、地下4階に降りるとかな」

「お断りします。地下4階の調査はしないことになったはずです。そのような考えを持っている人と修練のダンジョンで二人パーティを組む気はございません」

「なんでそんなに地下4階に行くのを嫌がる。オーガを倒しまくる剛《ごう》の者とは思えないな。もし地下4階の魔物が地下3階のオーガよりレベルアップや魔石の取得の効率が格段に良かったらどうする？　ある程度危険を冒《おか》さないと大きな利益は得られないものだぞ」

「俺は一度地下4階で魔力ソナーを使いました。その時に魔物の魔力反応を感じました。その瞬間震えましたね。あの魔物には人間が手を出してはいけないと本能的に思いました。カイト皇太子がどうしても修練ダンジョンの地下4階に行きたいのならば俺以外の人とパーティを組んでください。意見の不一致があるパーティでダンジョンに入るのはとても危ないことです」

「……。わかった。今日のところは修練のダンジョンのことは諦《あきら》める」

「殿下は何故《なぜ》そんなに地下4階にこだわっているのですか？　魔導団と騎士団のレベルの底上げなら地下3階のオーガでも充分と思いますが。このまま続けていけばそれなりの速さで実力の底上げができますよ」

カイト皇太子の顔が険しくなる。

「それなりの速さではダメだ！　できるだけ早く戦闘力の底上げをしてほしいんだ！」

口調がキツくなった。

「西のロード王国がこちらに攻めてくる徴候《ちょうこう》でもありましたか？　それならば急ぐ必要があるかもしれませんが」

「ロード王国がウチに攻めてくる？　そんなことあるわけないだろ！　こちらから攻め込んでやるんだ！」

「カイト皇太子は侵略戦争推進の考えなんですね。俺はエクス帝国が攻められたら守るために戦いますが、他国を攻めるために人殺しはしたくないですね」

「お前は自分の力がわかっていないのか？　個人の武勇では並ぶ者がいないと言われているんだぞ。それに魔導団や騎士団の戦力の底上げができる。お前は英雄になる資質があるんだ。お前が英雄になればロード王国への戦争も全員が前向きになる。どうして英雄になろうとしない」

「人殺しで英雄になりたいとは思いません。向こうから攻めてくるなら戦いますけど。俺を侵略戦争の英雄に祭り上げようと画策《かくさく》しないでください。話し合いの外交の場で戦力カードとしていただくのは良いですけど」

「力を持っているものは、それ相応の責任が生じるんだぞ」

「ハハハハハ。そういう考えは間に合っています。思考はもっと自由でありたいと思います。簡単に言えばクソ喰《く》らえ！　ってことですね」

眉《まゆ》を顰《ひそ》めるカイト殿下。俺はぬるくなったお茶を飲み干した。

「これ以上話してもお互いのためにならないと愚考《ぐこう》しますが、この辺で退散致しましょうか？」

「そうだな。今日は城まで来てくれて大儀《たいぎ》だった。話し合ったことでお前の考えがわかって良かったと思う。今度、午後の修練場での訓練の見学には行かせてもらうよ」

俺は頭を下げて部屋を後にした。何かついてない休みになるのかな？


エクス城を出るとお昼前だった。俺は冒険者ギルドで馬車を降りた。宿舎の部屋にいても鬱々《うつうつ》とするだけなので昼間から冒険者ギルドの食堂で昼ご飯を食べながら酒を飲むことにした。

【無の日】の休日なのに、冒険者がたくさんいる。とても賑《にぎ》やかだ。こんな喧騒《けんそう》の中で飯《めし》を食べてアルコールが入れば鬱々となんかしてられない。知らない冒険者もよく話しかけてくる。適当に話をしていると気も紛《まぎ》れる。

俺のテーブルの正面に体格のがっしりした男性が座ってきた。

「お前さん、魔導団の人だったのか」

うん？　知り合い？　よく覚えていない。

「すいませんが何処《どこ》かでお会いしましたか？」

「この間、白亜《はくあ》のダンジョンの10階のボス部屋の前で会話しただろ」

あ、そういえばこんな人だったか。

「これは失礼しました。短い時間だったため気がつきませんでしたよ」

「お前を捜していたんだよ。それなのに魔導団の人かぁ……」

「俺を捜していた？　何かありましたか？」

「あの日の後、黒髪、黒目のソロ冒険者が話題になったんだ。お前、10階のボスのオークキングを瞬殺しただろ。次にボス部屋に入った奴らが待ち時間がとても短くて吃驚したそうだ。その後、ボス部屋に入ったパーティがお前の装備が残されていないことからオークキングの討伐に成功したみたいだって言っててな。それに地下1階のポリックの群れをファイアアローで瞬殺して行った冒険者の話が出てきてな。凄腕《すごうで》の魔導師でソロ冒険者だ。パーティメンバーに誘いたくなって当たり前だろ。それが魔導団所属ではな……」

「それは残念でした。良かったらお酒飲みません？　奢《おご》りますよ」

「こんな昼間っから飲むか！　明日のダンジョン探索に支障が出るわ！」

「冒険者は身体《からだ》が資本ですからね」

「それはそうと、東の新ダンジョンの情報は何か持っていないか？」

知り過ぎているほどだけど喋《しゃべ》るわけにはいかないな。

「東の新ダンジョンがどうしたの？」

「騎士団主体で調査に入っていた。１カ月経ったところで一般には開放しないで国が管理することになったじゃないか。それは実入りの良いダンジョンだから国が独占しようとしているからだって噂《うわさ》になっている。魔導団の人なら案外何か聞いているかもって思ってな」

なるほど。外からだとそう見えるのか。こういう小さな誤解をしっかりと解いておかないと噂が変な方向に行っても困る。サイファ団長案件だな。

「ありがとう。良い情報だったよ。上司に相談して、その噂が根も葉もないものだってわかるようにしたほうがいいって進言してみる」

休みの日だけど早速魔導団の団長室に行ってみよう。暇《ひま》だしな。アルコールが少し入っているけどまぁ良いでしょ。

俺は魔導団本部までほろ酔いで歩く。風が気持ち良いなぁ。魔導団本部に着くと真っ直ぐ団長室に向かった。

いつもはプレッシャーを感じる扉も今日は何も感じない。

ビバ！　アルコール！

ノックをしたら中から返答があった。俺は待ち切れないとばかりに入室する。相変わらず休みの日でもサイファ団長は働いているんだな。

「ジョージ君じゃないの？　昨日、何か言い忘れたのかな？」

「すいません。休日中のため現在アルコールが少々入っております。冒険者ギルドの食堂で飲んでいたのですが、早めに対応したほうが良い案件の情報があったため報告に参りました」

「あらあら、ご苦労様。それで何があったの？」

俺は修練のダンジョンに対する冒険者の噂について報告した。

「なるほどねぇ。そんな噂が流れているのね」

「提案なのですが、現在修練のダンジョンは午後は使っておりません。冒険者ギルドに話を通して、冒険者の代表者に午後だけ開放するのはどうですか？　地下1～2階は金にならないし、地下3階は危険過ぎると理解させてやれば良いかと。マップも渡して、国は隠し事をしていないと証明するべきだと思います」

「それは良い考えね。早速冒険者ギルドに提案してみるわ」

「以上、報告でした。それでは失礼いたします」

帰ろうとした俺にサイファ団長から声がかかった。

「今度時間を作って飲みに行きましょう。私もたまにはリフレッシュしたいわ。付き合ってよね」

「了解です。お誘いお待ちしております」

俺は団長室を出て宿舎の部屋に戻って昼寝した。

昼寝から起きると外は暗くなっていた。変な時間に昼寝しちゃったな。夜、ちゃんと眠れるかな？　朝は鬱々としていたけど、今は少し気楽になっている。まぁ問題の先送りともいえるがそれでも良いか。人生は楽しくないとね。

【真剣になるのは良いけど深刻になるな】これを今後の座右の銘《めい》にしようかな？

◆◇◆◇◆◇◆◇◆◇

魔導団第一隊修練部7日目。

午前中はいつも通り騎士団第一隊の人と修練のダンジョンでオーガ討伐。今週末まで全て騎士団第一隊の人とのこと。来週から魔導団の人を連れて行くことになる。

今日の午後は訓練を中止して冒険者ギルドの担当者に修練のダンジョンについて説明をする。

魔導団本部の会議室を使うことになった。冒険者ギルドからは大柄な男性と細身の女性が来た。

大柄な男性が大きな声で挨拶する。

「エクス帝国冒険者ギルドのギルド長のライオスだ。こちらがギルド統括《とうかつ》事務のキャサリンだ。今日はよろしく頼む」

「私が魔導団第一隊修練部部長のジョージ・モンゴリです。こちらが補佐のスミレ・ノースコートです。東の新ダンジョン、今は修練のダンジョンと呼ばれていますが、私たち二人で1カ月間調査をしました。今日はその調査結果を説明させていただきます」

スミレさんが修練のダンジョンのマップを広げて説明を始めた。その説明に唸《うな》るギルドマスター。

「それじゃ何かい。この修練のダンジョンは二人しか入れない。地下1階と地下2階は金にならないカスダンジョン。地下3階は破壊の権化のオーガが出没するということか。毎日納品されている魔石は全てオーガを倒しているってことか？」

「そうですよ」

俺を睨《にら》むギルド長。怖いなぁ。

「今は毎日100個くらいの大きな魔石が納品されている。二人パーティでオーガを100体倒すってことか。それも半日で。そんな話は信じられないな。何か旨味《うまみ》のあるダンジョンなんじゃないのか？　それを隠しているとしか思えない」

スミレさんの片眉が少し上がった。

「あなたが信じようと信じまいと真実しか話しておりませんからどうぞご勝手に判断してください」

あ、スミレさんが怒っている。ヤバい。ここは俺の出番だ。

「それなら今から修練のダンジョンにお連れしますよ。ギルド長自《みずか》ら確かめてください。ギルドマスターは身体能力向上ができますか？」

「馬鹿《ばか》にするな！　これでもBランクの冒険者だぞ！」

おぉ！　Bランク冒険者！　Cランクになってから15年経過かな？　たぶん偉業じゃないよね。

「それなら安心です。じゃスミレさんはサイファ団長に報告しておいてください。そして、冒険者ギルドのキャサリンさんと一般の冒険者の受け入れ方法を考えておいてください。俺はギルド長と修練のダンジョンに行ってきます」

「今日は剣すら装備していないぞ。用意するから待ってくれ」

「必要ありません。ギルド長はただ俺についてくれば良いですから。たぶんそろそろモンスターハウスのオーガが復活していますね。そこまで行って帰ってくるだけですから」

俺は疑いの眼差《まなざ》しのギルド長を無理矢理連れ出した。

冒険者の間で流れている噂も冒険者ギルドが発生源じゃないのか？　あれだけの魔石を納品していれば当然、旨味のあるダンジョンと考えているよな。

俺とギルド長は修練のダンジョンの前まで来た。

「それでは今から修練のダンジョンに入ります。俺の後ろから離れないようにしてください。俺の前には絶対出ないように」

ギルド長の返事も聞かず走り出す俺。魔力ソナーにはギルド長の魔力反応がある。問題なし。途中、コボルトとゴブリンを剣で斬《き》り伏せていく。魔石は無視だ。すぐに地下3階に続く階段に着いた。

「それではこれから地下3階に降ります。オーガが出ますので勝手な行動はしないでください。オーガのモンスターハウスに行って帰ってくるだけです」

何か言いかけたギルド長を無視して走り出す。前方にオーガが2体。

【火の変化、千変万化たる身を矢にして貫け、ファイアアロー！】

眼球に命中して崩《くず》れ落ちるオーガ。一応拾っておくか。魔石になるのを待つ。驚愕の表情のギルド長。やっと無口になってくれた。魔石を拾ってリュックサックに入れる。また走り出す。モンスターハウスに着くまでオーガともう1回遭遇した。問題なく瞬殺して魔石を回収。そして、モンスターハウス前に到着。少し息が切れているギルド長。運動不足なのかな？

「それではモンスターハウスに入ります」

「ちょっ、」

ギルド長が何か言いかけたがほっとく。モンスターハウスに入り詠唱開始！

【火の変化、千変万化たる身を矢にして貫け、ファイアアロー！】

30本の火の矢がオーガの眼球に命中していく。

【火の変化、千変万化たる身を矢にして貫け、ファイアアロー！】

生き残っていたオーガを殲滅《せんめつ》する。

「魔石を拾って帰りますから、少し休んでいてください」

青褪《あおざ》めた顔をしたギルド長が頷いた。魔石を拾ってからダンジョンを出た。ギルド長がだいぶ体力的に厳しそうなので魔導団本部までゆっくり歩いて帰ることにする。

「疑って悪かったな」

ギルド長がポツリと発言した。

「あそこの地下3階は二人パーティでオーガ相手に連勝できないと死んでしまう。ましてやオーガのモンスターハウスに飛び込むなんて自殺行為だ。修練のダンジョンは、通常は旨味のないダンジョンだ」

「通常？」

「お前みたいな奴からすれば旨味しかないダンジョンだろ。もし他にもそんな冒険者がいたなら冒険者ギルドから申請でもさせるから使わせてやってくれ」

確かに俺にとっては旨味があるダンジョンなんだろうな。オーガに連勝できる人材なら是非《ぜひ》スカウトしたい。

「まぁその辺はサイファ団長と相談してください」

俺たちは魔導団本部の会議室に戻ってきた。スミレさんと冒険者ギルドの統括事務のキャサリンさんが話し合っていた。

「確かにあのダンジョンはオーガに連戦連勝できる奴じゃないと旨味のないものだったよ」

素直になっているギルド長。スミレさんとキャサリンさんとの話し合いはどうなったかな？

すぐにスミレさんから途中報告があった。

①情報を公開した上で修練のダンジョンに入りたい冒険者を公募する。
②1日1パーティ。時間は午後2の鐘《かね》から6の鐘までの4鐘の間。【無の日】は2パーティ。時間は午前8の鐘から12の鐘までと午後2鐘から6鐘まで。
③ダンジョン内での怪我《けが》や死亡については自己責任。
④平日の朝の8の鐘から昼の1の鐘までは国がダンジョンを使用するため何人《なんぴと》も立ち入らないこと。
⑤修練のダンジョンの公募期間は1カ月間とする。それ以後に修練のダンジョンに入りたい

場合には冒険者ギルドを通してエクス帝国魔導団まで申請すること。

まとまっているね。これなら大丈夫かな。
「冒険者ギルドとしても問題はありませんか？」
「まぁ問題ないな」
「それならすぐに団長から許可を得てきます。早速ダンジョンに入りたいという冒険者を公募しましょう」

その後、サイファ団長の許可を得て、冒険者の公募については冒険者ギルドに任せた。ギルドにはダンジョンに入る許可を得た冒険者の名簿を修練のダンジョン入り口の詰所の騎士に提出するようにお願いした。

これで修練のダンジョンの変な噂が消えると良いなぁ。

◆◇◆◇◆◇◆◇◆◇

魔導団第一隊修練部8～10日目。

午前中はいつも通り騎士団第一隊の人を修練のダンジョンに連れていく。特に問題は生じていない。オーガのモンスターハウスで3回全滅させる。それだけで60個を超える魔石が手に入る。モンスターハウスのオーガが復活するまでは地下3階でサーチ&デストロイ。40個ほどの魔石を得る。午前中だけで100個ほどのオーガの魔石が集まる。

一つ当たり1万バルト。100個で100万バルト。二人で分けて一人当たり50万バルト。半日で1カ月分の給料を稼《かせ》いでしまう。

単純計算すると、5日間で250万バルト。1カ月で1250万バルト。1年で1億5千万バルト。イカれた金額だ。別に欲しい物がないのでギルドカードにそのまま貯《た》まっていっている。

午後の訓練は激しさを増している。少しずつではあるが成長を実感できる。成長はヤル気を上げるねぇ。

修練のダンジョンの入場希望者の公募の予約枠《わく》が全て埋まったらしい。自分の目で見ないと信じられないのかな?

朝と夜の魔力循環と魔力ソナーの併用訓練は続けている。訓練というより無意識でやってるだけだけどね。もう無意識で併用ができるようになっている。慣れって恐ろしい。

◆◇◆◇◆◇◆◇◆◇

魔導団第一隊修練部11日目。

ヤッホー！　明日は休みだ！　テンション爆上がり！

明日は式典用のスーツを取りに行く予定。当然スミレさんと一緒に行くのだ！　その後は二人で夕食だ！

さあ！　頑張って修練のダンジョンに行きますか！　テンションが天井知らずの俺に、今日連れて行く騎士団第一隊の人はちょっと引いていた。でも気にしない！　ハイテンションのままオーガを倒しまくる。

あれ？　テンション高いといつもよりファイアアローの威力《いりょく》とスピードが増す気がする。魔力制御は変わらないな。精神的なものでも魔法って効果が変わるんだね。

午後はサイファ団長へ報告。こちらも何も問題なかった。先程のファイアアローの威力とスピードの変化についてサイファ団長に聞いてみた。

「それは興奮《こうふん》していつもより魔法に魔力を込めてしまったのね。新兵が初陣《ういじん》でよくやることよ。魔力を込めれば込めるほど魔法の威力が上がりスピードも速まるわ。その代わり魔法制御がしにくくなるのよ。貴方の場合は魔法制御が特段に優《すぐ》れているから感じなかったのでしょうけど」

へぇー。そうなんだ。やはり亀《かめ》の甲《こう》より年の功だね。

あ、なんかサイファ団長の雰囲気《ふんいき》が変わった。

「貴方、なんか失礼なこと考えていなかった？　なんか不愉快《ふゆかい》な感じを受けたのよね。まぁ魔法を使う時は平常心が大切ね。感情が爆発すると魔法制御が効《き》かなくて魔力暴走する場合があるから」

なるほど。サイファ団長の年齢については思ってもいけない。心にメモしておこう。魔法を使う時は平常心が大事か。浮かれていてはダメってことだね。

「ありがとうございます。肝《きも》に銘じておきます」

「あ、それと週明けの【青の日】の午後の訓練にカイト殿下が視察に来るって。まぁ貴方を見に来るのでしょうから、よろしくね」

◆◇◆◇◆◇◆◇◆◇

魔導団第一隊修練部12日目。

昨日のテンションは続いている。良く眠れたな俺。

今日は夕方の5鐘の時間に待ち合わせ。いつも通りスミレさんが宿舎まで来てくれる。洋服屋でスーツを受け取り、その後夕食の予定。

午前中は何してようかな。せっかくだから今日着て行く洋服を買いに行くか。自分のセンスには自信がないからお店の人にコーディネートをお願いしちゃおう。善は急げ！　思い立ったが吉日！　よし行こう！

そこそこ高級そうな洋服屋に入る。綺麗《きれい》なお姉さんが店員さん。今日、高級な飲食店へ女性と食事に行くことを話し、コーディネートを頼んだ。

何と店員さんは暗めの赤色のシャツを持ってきた。今年の流行色とのこと。自分では選択できない色だな。下はダークブルーのスラックス。革靴も一緒に購入した。

また散髪を勧められる。お勧めの散髪屋まで教えてくれる優しさだ。早速、そこで散髪をする。宿舎に帰宅して昼ご飯を食べ待ち合わせ時間までゆっくりと過ごした。

午後４鐘半。魔力ソナー開始。

まだかなぁ。まだかなぁ。まだかなぁ。

やっとスミレさんの魔力反応を感じた。早速、宿舎の前で待つ。左の手首にはスミレさんとお揃《そろ》いで買ったブレスレットをしている。

僕に気づいたスミレさんが目を見開いた。

「ジョージ君、いつもと雰囲気が違うね。ちょっと吃驚したよ」

「今日、散髪に行って、洋服も買ってきたんです。変じゃないですか？」

「なかなか似合っているよ。変じゃなくてカッコ良くなっているから安心してくれ。それでは行こうか」

今日のスミレさんは白のシャツに黒系のスカートを穿《は》いている。スミレさんの左手首のブレスレットを見た時にはにやけてしまう。

頼んでいた式典用のスーツはとても素敵《すてき》だった。試着した俺を見てスミレさんも頷いてくれた。


満足して飲食店に向かう。当たり前のように個室に案内され、ワインで乾杯《かんぱい》した。食事をしながら会話を楽しむ。至福《しふく》の時だ。

「そういえば、昨日の午後、修練のダンジョンで冒険者が大怪我したみたいだな。オーガと戦ったそうだ。その怪我をした冒険者は、あんなにオーガを倒せる人がいるわけないだろ、きっと弱いオーガに違いないって言ってたんだって。それで戦って返り討《う》ちにあった。死ななかっただけ儲《もう》けもんかな」

「そんなことがあったんだ。冒険者っていろんなことを考えるんだね。俺からしたら斜《なな》め上の考えだよ」

　ワインを一口飲んでスミレさんが真剣な顔になった。

「あと、ウチとロード王国との国境で緊張が高まっているみたいだ」

「緊張が？　何か理由があるのかな？」

「ロード王国側の国境付近で盗賊《とうぞく》の被害が増えている。ロード王国は盗賊の裏にはエクス帝国がいると言っているようだ。当然、エクス帝国は否定しているんだけどね」

「ロード王国がその盗賊を掃討《そうとう》すれば問題解決じゃないの？」

「そんな単純な話じゃない。その盗賊の装備は普通の盗賊と比べてとても優れているらしい。その盗賊を討伐しようとしたら、多勢の軍を出さないといけなくなる。ロード王国が国境付近に軍を出すとなるとエクス帝国も国境付近に軍を出す必要が出てくる。軍と軍が向かい合ったら、ちょっとしたきっかけで戦争に突入する可能性が出てくる。だからロード王国は盗賊討伐に軍を出せなくなっている」

「難しいんだね。どうすれば解決できるかわからないや」

「ロード王国の言い分も理解できる。盗賊が優れた装備をしているなんて、後ろにパトロンがいるに決まっている。そのパトロンの可能性が高いのはエクス帝国の息がかかっている商人あたりかな」

「スミレさんは盗賊の裏にエクス帝国がいると思っているの？」

「エクス帝国の一部の人だと思っている。ロード王国を攻めて、戦功を上げたいんだろ。証拠がないから、しらばっくれられるのが悔《くや》しい」

「盗賊の裏にいる人物に心当たりがあるの？」

「ノースコート侯爵家。私の父親ね」

衝撃を受けた。スミレさんの父親は侵略戦争推進派だったのか。スミレさんはまたワインを一口飲んで微笑《ほほえ》んだ。

「私から話し始めたんだけど、この話はもう止《や》めましょう。もしかすると戦争になるかもしれないのでジョージ君には知っておいてほしかったから。でもこれ以上話すとせっかくの楽しい雰囲気が台無しだ」

そうだな。せっかくスミレさんと食事をしているんだ。楽しまないと損《そん》だよね。

「そうですね。そういえばスミレさんに兄弟はいるんですか？」

「兄と妹がいるかな。兄はエクス城で文官をしていて、妹はエクス帝国高等学校に在学している。兄妹仲は普通かな。ジョージ君のご家族は？」

「恥ずかしい話なんですが、俺が13歳の時に母が妹を連れて家を出て行ってしまったんです。父は17歳の時に身体を壊して亡くなっています。祖父母はもういませんから天涯孤独の身ですね。まぁ気楽ともいえますよ」

俺は気にしてないんだけど、家族の話は地雷だったかな。

話題を変えよう。

「そういえば、この間カイト殿下に呼ばれまして……」

その後は穏《おだ》やかに会話をしながら、食事をして帰った。

◆◇◆◇◆◇◆◇◆◇

魔導団第一隊修練部13日目。


今日から魔導団第一隊の人を修練のダンジョンの地下3階に連れて行くことになっている。

朝の8の鐘の時間に修練のダンジョン前に着くと若い女性が待っていた。

なんか俺を睨んでいる。こちらから挨拶しちゃおう。

「魔導団第一隊修練部のジョージ・モンゴリです。今日、修練のダンジョンの中にお連れする方で間違いないですか？」

「魔導団第一隊のマール・ボアラム。あなた第三隊所属だったくせにエライ出世ね」

敵意全開の人だな。やりにくそう。こういう時は事務的にいくのが良いか。

「今日はよろしくお願いします。ダンジョンの中では私の指示に従ってください」

「ふん！　なんで同じ第一隊の指示に従う必要があるのよ！」

「遊びでダンジョンに行くわけではありません。軍人なのですから私情は押し殺してください。それでは出発します」

本当、面倒《めんどう》くせぇ。今日は淡々《たんたん》と行動しよう。俺を先頭に修練のダンジョンに入った。


身体能力向上を使用して駆け足で進んでいく。地下1階、地下2階とマールは大人しくついてきている。これなら問題がないかな。

「あなた、随分《ずいぶん》簡単に剣でサクサク倒しているわね。魔導師らしくないわ」

「業務命令で近接戦闘を習っているんです」

「それにしてもまるでそこに魔物が現れてくるのがわかっているみたいな動きね」

「魔力ソナーを展開してますから」

「え、今、魔力循環で体内魔法の身体能力向上を使用しているでしょ！　何で体外魔法の魔力ソナーも使えるのよ！」

「練習したんです」

「ちょっと、ちゃんと教えなさいよ！」

「今はダンジョン内です。ダンジョンを出て、昼食時なら良いですよ」

地下3階への階段を降りた。通路の100メトル先にオーガが2体いる。オーガがこちらに気づき近づいてきた。ファイアアローを撃とうとしたら呪文《じゅもん》の詠唱が聞こえた。

【火の変化、千変万化たる身を矢にして貫け、ファイアアロー!】

10本の炎の矢が俺を追い越してオーガに殺到する。オーガは走り出したため身体が上下に動いている。10本の炎の矢はオーガの額《ひたい》や頬《ほお》、耳、肩に当たっていく。残念ながら眼球には一つも当たらなかった。

致命傷を受けなかったオーガは立ち止まり咆哮《ほうこう》を上げる。空気が震える。人間の根源に響く声だ。一瞬呆《ほう》けてしまった。

気づくと2体のオーガは3メトル先にいる。もうオーガの攻撃の射程内だ。俺は慌てて剣を抜いて体勢を整える。暴風を思わせるようなオーガの右フック。軽いバックステップで躱《かわ》す。

もう一体のオーガは後ろで見学している。随分余裕をかましてやがる。2体のオーガへの牽《けん》制《せい》を忘れずに呪文を詠唱する。

【火の変化】

オーガの左キックが来た。屈んで躱す。

【千変万化たる身を矢にして貫け】

牽制のために上段から袈裟《けさ》斬りを放つ。剣はオーガの筋肉で阻《はば》まれてしまった。

【ファイアアロー！】

俺の頭の上に4本の火の矢が現れる。

目にも留まらぬ速さでオーガの眼球に直撃する。崩れ落ちるオーガ2体。オーガが魔石に変わるまで安心はできない。残心が大事とスミレさんから口が酸《す》っぱくなるほど言われているからな。

オーガが魔石に変化したところで魔力ソナーを広げる。近くにオーガはいない。後ろを見るとマールが座り込んでいた。

腰でも抜けたか。さぁどうするかな。

「私の指示に従わない人と修練のダンジョン内では一緒に活動できません。この二人パーティは今、この時点で解散です。あとは勝手にしてください。私は帰ります」

「ちょ、ちょっと待ちなさいよ！」

スタスタと来た道を引き返す俺。座り込んでいるマールの横を抜けようとすると、マールは俺の足にしがみついた。

「止《や》めてくれませんか？　腕を切り落としますよ」

青褪めた顔のマール。それでも俺の足を離さない。

「貴女《あなた》は何がしたいのですか？」

「ちゃんと私をダンジョンの外まで連れていきなさい！」

「お断りします。信用できない人に背中を見せる馬鹿はいないですから。ここからなら地下2階に上がる階段は近いですよ。運が悪くなければオーガと会うことはないんじゃないかな。地下2階まで上がれば出口まではゴブリンとコボルトだから何とかなるでしょ。迷わないと良いですね。地下2階は結構広いですから。それでは」

俺はマールの手を踏みつける。やっとマールの拘束《こうそく》から抜けられた。さぁ走って帰るか。後ろでマールの叫び声が聞こえるが、無視した。


修練のダンジョンを出て、入り口脇《わき》の詰所の騎士に経緯《いきさつ》を伝えた。まだ一人、修練のダンジョンに入っていることは伝えないとね。あ、今日はいつも冒険者ギルドに頼んでいる魔石の運《うん》搬《ぱん》を中止しないとな。

俺は冒険者ギルドに寄ってから魔導団本部に戻った。真っ直ぐ団長室に向かいドアをノックする。返事があったので団長室に入る。

部屋の中にはサイファ魔導団長とゾロン騎士団長がいた。

「報告がございます。あとにしましょうか？」

「いや、もうゾロンとの打ち合わせは終わっているわ。午後のカイト殿下の視察について最終確認をしていただけだから」

「おぉ！　もう俺は騎士団本部に戻るからな。それじゃ午後はよろしくな」

そう言ってゾロン騎士団長は俺の肩を叩《たた》いてから部屋を出て行った。

「なんの報告ですか？　貴方はまだ修練のダンジョンにいる時間じゃないかしら？」

俺は先程の経緯を説明する。マールが勝手にオーガ2体にファイアアローを撃ったこと。そのファイアアローは急所の眼球を全て外したこと。そのオーガ2体は俺が倒したが近接戦闘をおこなう必要があったこと。信用できない人とはダンジョン内で一緒に活動できないため、マールとのパーティはその場で解散をし、マールは修練のダンジョンの地下3階に降りたところに置き去りにしたこと、を。

俺の報告を聞いてサイファ団長は溜《た》め息をついた。

「マールは優秀な魔導師なんだけどプライドが高いのが問題ね。しっかりと言い聞かせていたんだけど……。死なれても困るわね。悪いけれどジョージ君が迎えに行ってくれるかな？」

「え、嫌ですよ。信頼できない人とはパーティを組まないですから」

「だからパーティを組む必要はないわ。マールを魔導団本部まで連行して来てほしいの」

そう言ってサイファ団長は魔導団特製手錠《てじょう》と縄《なわ》を俺に渡す。魔導団特製手錠をはめられると、魔力が激減するそうだ。魔法が使えなくなると言っても良い。

「今、マールの強制連行を認める命令書を作成するから待っていてね」

サイファ団長はすぐに命令書を作成した。

「それではジョージ・モンゴリに命令します。魔導団第一隊所属のマール・ボアラムを拘束してここまで連行してきなさい！」

「了解致しました。迅速に処理いたします」

俺は敬礼して団長室を後にした。

今日2度目の修練のダンジョンだ。詰所の騎士に確認を取ったところ、まだマールは出て来ていない。どれマールを捜してみるか。

修練のダンジョンの地下1階に降りる。魔力ソナーを広げていく。今は地下1階全てが有効範囲だ。マールは地下1階にはいないな。急いで地下2階に降りる。魔力ソナーにマールの魔力が引っかかった。どうやら道に迷っているみたいだ。

ゴブリンに囲まれているな。8体くらいいるや。取り敢えず急いで向かうか。

マールは身体を丸めて蹲《うずくま》っていた。ゴブリンがマールを囲んでタコ殴りにしている。マールは身体能力向上を使用しているようだ。耐久力も上がるからね。その代わり攻撃魔法を使う隙《すき》がないのか。

なるほど、魔導師は近接戦闘が苦手というのがよくわかる。体内魔法と体外魔法を瞬時に切り替えるか、併用できないとこうなっちゃうんだね。

俺は剣でゴブリンの首を刎《は》ねていく。突然ゴブリンの攻撃がなくなって吃驚した顔を見せるマール。俺は蹲っているマールの手首に魔導団特製手錠をはめた。手錠を後ろ手にしなかった俺の優しさは通じないだろうな。手錠の間の鎖《くさり》に縄を結びつける。呆然とするマールにサイファ団長から渡された命令書を見せる。

「それではこれよりサイファ団長の命令により、マール・ボアラムを連行します。申し開きがある場合はサイファ団長にお願いいたします。連行中には口を開かないように」

これで静かに帰れるな。修練のダンジョンから帝都までは人通りが全くない。しかし帝都に入ると多くの視線を集め、マールは俯《うつむ》いて歩く。こりゃ晒《さら》し者だね。悪い意味で注目を浴びている。魔導団の団長室に着いた時には、マールはかなり憔悴《しょうすい》していた。

「命令通り、マール・ボアラムを連行してきました。あとはよろしくお願いします」

俺は敬礼して任務終了の報告をする。怖さを感じる笑顔を浮かべるサイファ団長。

「ジョージ・モンゴリ。任務ご苦労様でした。今日の午後はカイト殿下の視察があるから、それまでは休憩《きゅうけい》してなさい。マールについてはしっかりと処罰いたします。明日以降、修練のダンジョンに同行する魔導団の隊員には再度言い聞かせる。今日のことは私の不徳の致すところだ。許してほしい」

「了解致しました。団長のせいではありません。いろんな隊員がいますから。ただ事故が起きてからでは取り返しがつきません。再発防止をしっかりやっていただければ問題ありません」

「そう言ってもらえると助かるよ。マールの処罰については近日中に魔導団に周知する。これで馬鹿なことをする奴はいなくなる」

　フッと笑顔に変わるサイファ団長。

「ジョージ君と仕事言葉で話すと寂《さび》しいわ。気楽に話したいわね。再度言うけど、カイト殿下の視察はお願いね」

「俺もサイファ団長とは気楽に話すのが好きですよ。カイト殿下の件は了解です。任せておいてください。それでは失礼致します」

　急に変わったサイファ団長と俺との会話に驚いているマール。俺はマールを団長室に残して部屋を出る。う～ん。暇になってしまった。あ、午前中スミレさんは体外魔法を練習しているはずだ。見学に行くか。

スミレさんは修練場の魔法射撃場にいた。真剣な顔で攻撃魔法を撃っているみたいだ。スミレさんの透き通る声で詠唱が始まった。

【火の変化、千変万化たる身を礫《つぶて》にして穿て、ファイアボール！】

スミレさんの右手に直径50センチほどの大きな火の球ができる。ファイアボールは一直線に的《まと》に撃ち出され、的の中心から少し外れたところに当たる。スミレさんのファイアボールの記録が出た。

詠唱速度　C
魔法精度　C
魔法威力　12380

詠唱速度と魔法精度は平均レベルだ。ただ魔法威力が半端ではない。やっぱりスミレさんのレベルが高いからだ。こんなのが当たったらオーガでも倒せるんじゃないか？　その記録を見て渋い表情のスミレさん。

「凄《すご》いファイアボールでしたね。攻撃魔法を使い始めたのは最近なのに、もうこんなファイアボールが撃てるなんて吃驚しました」

「ジョージ君か。魔法の制御がまだまだ。それで込める魔力量を控《ひか》えめにしている。もっと魔力制御が上手《うま》くならないとな。朝と晩にジョージ君お勧めの魔力ソナーの訓練をしているんだ。少しずつ有効範囲が広がっているぞ。まあ君のレベルにまではなれないだろうけどな」

本気で魔力を込めたらもっとファイアボールが大きくなるのか⁉　それにしてもスミレさんは努力家だな。こういう人が日に日に成長していくんだろう。

そういえば俺もファイアボールを撃ってみたらどうなるのかな？　興味はあるが、ちょっと怖いから止めておくか。


午後からカイト皇太子が視察に来るので、準備運動は早めに終わらせておくことにした。走っているのを見ていても面白《おもしろ》くないよね。

いつもと同じ一番重い金属鎧を装備して重りを入れたリュックサックを背負う。腰には大きめの重い剣だ。走りにくくてしょうがない。最近のスミレさんは容赦を知らない。ドンドン過酷になっていく。両腕と両足に重りのリストもつけている。

俺は身体能力向上と魔力ソナーを併用しながら走り出す。最近の俺のトレンドだ。この二つを併用すると奇襲《きしゅう》にとても強くなると思う。攻撃も大事だけど守りが堅いのはもっと大事だ。

1鐘の時間を走り終わると魔力ソナーにカイト殿下の魔力を感じた。予定より少し早いかな。

近くの騎士団第一隊の人にカイト皇太子がそろそろ来るのでゾロン騎士団長を呼んできたほうが良いと進言した。慌てて修練場にやってきたゾロン騎士団長。ちょうどカイト殿下の馬車が修練場の前に止まる。

カイト殿下とゾロン騎士団長が何か話している。俺は気にせずいつものように剣術の型の素振りをする。スミレさんが真剣に俺の型をチェックしてくれる。

特に問題なかったようだ。だいぶ型が固まってきたと思う。

ここから騎士団第一隊と俺の合同修練が始まる。まずは一対一の模擬戦だ。ただし俺は連続して相手をする。いつものことだ。俺は修練のダンジョンで大幅なレベルアップをした。スピードと反射神経が普通じゃない。たとえ技術では劣っていても俺が負けることはない。次々と騎士団第一隊の隊員を倒していく。

このまま良いところが見せられるかなって思っていたら、俺の目の前にスミレさんが立っている。

え、俺と模擬戦するの!? 最近はずっとやってなかったな。レベル的にスミレさんが相手なら負けそうだ。

スミレさんの剣捌《さば》きは流麗だ。俺のような直線的ではない。まさに生きている剣筋。

俺なりに健闘したが、やっぱり負けてしまった。まぁ俺は魔導師だからな。

その後俺の特別訓練が開始された。相手は10人の騎士。俺は身体能力向上と攻撃魔法の併用で相手をする。この訓練は慣れたね。攻撃をもらわないように避《よ》けながらファイアアローを詠唱するだけだから。3回おこなったが全て俺が圧勝した。

その時拍手《はくしゅ》が聞こえてきた。カイト殿下だ。

「素晴らしい。ジョージ。大口を叩くだけのことはある。魔導師でありながら近接戦闘でも圧倒しているじゃないか。できればこの後、本職の魔導師の力を魔法射撃場で見せてほしいな」

カイト殿下の横にはいつの間にかサイファ魔導団長がいた。サイファ魔導団長の後ろに魔導団第一隊のマール・ボアラムもいる。

「私からも頼むよ。マールに格の違いを見せてあげてほしいんだ」

サイファ団長に頼まれたら否《いな》とは言えない。ぞろぞろとみんなで魔法射撃場に移動する。さてどうするかな。やっぱり使い慣れているファイアアローを撃つか。今なら最低60本はしっかり制御できる感じがするな。

所定の位置に立ち30メトル先の的に集中していく。丁寧《ていねい》に詠唱を開始する。

【火の変化、千変万化たる身を矢にして貫け、ファイアアロー！】

俺の周りに60本の火の矢が現れたと思ったら、それは一瞬で的の中心に向かって行く。

『ドドドドドドド！　バキバキ！』

あ、やり過ぎた……。的が破裂している。見学者は茫然《ぼうぜん》としている。射撃場の魔道具壊しちゃった。当然ながら魔道具から記録は出てこない。

静寂《せいじゃく》を破ったのはカイト皇太子だ。

「ハハハハハ！　この魔道具を壊す威力か。それも中級魔法の下位であるファイアアローでそれをやるか。良いものを見ることができた。今日は大儀であった。満足できたぞ」

カイト皇太子は踵《きびす》を返して魔法射撃場を出て行った。ゾロン騎士団長がカイト皇太子についていく。

まぁこれでカイト皇太子の視察は終わりかな。サイファ団長はマールに何か言っている。少しは役に立ったかな。

宿舎の部屋でベッドに寝転びながら考える。今日の魔法射撃場で撃ったファイアアローの威力はヤバかったな。もう全力で魔法を撃ったらどうなるんだろ？　ファイアアローじゃなくて違う魔法にしようかな。今の魔力量なら最上級魔法もしっかりと使えそうだ。

元々俺はショボい魔力量だったから、攻撃魔法はほとんど勉強してきていない。学生時代はサボっていたしな。使えるはずがないと思っていたから。今度サイファ団長に相談してみようか。

うとうとしていたらノックの音がする。なんだ？　時間を見たらもうすぐ夕食の時間だ。誰かわからずゆっくり扉を開けると、そこには土下座《どげざ》している人がいた。

変なものを見てしまった。慌てて扉を閉めようとしたところで土下座の主が声を上げる。

「誠に申し訳ございませんでした。どうか許してください」

土下座したまま顔だけ上げた。俺はその顔を見て溜め息をついてしまった。

「別に俺は怒っていないよ。マールとはもう、パーティを組まなければ良いんだから」

「それじゃ困るんです！　許してくれるまでいくらでも土下座させていただきます！」

土下座とは許しの強制行為だな。やっぱりマールって面倒だ。

「取り敢えず土下座は止めてくれるかな？　そういうのは嫌いなんだよ」

マールは土下座を止めて立ち上がった。良くも悪くもとても真剣な目をしている。絶対面倒くさいことになるに違いない。

「ここの食堂で夕食でも食べないか？　話は聞いてやるよ」

俺が1階の食堂に向かうとマールがついてくる。ギャーギャー騒がないから良いか。肉メインのA定食を食べながらマールと会話を始めた。

「それで何しに来た？」

「だから貴方に許してもらうために来たのよ」

「あぁ、わかった。許す、許す。これで良いか？」

「そんなんじゃ困るのよ！　貴方から許しを得ないとサイファ団長に謹慎《きんしん》処分を解除してもらえないの！」

「お前、今、謹慎してないよな。ここの宿舎まで来ているじゃないか」

「貴方に許しを乞《こ》う行為については動いて良いと言われているの」

「そっか。それは良かったな。もう謹慎が解けるぞ。俺はマールを許したからな」

「それならまた私を修練のダンジョンに連れて行ってくれる？」

「それは断る。ダンジョンを甘く見ている人とはパーティを組みたくないからね」

「もうあんなことはしないわ……。貴方の指示通りに動くから……。ね、お願い」

う～ん。どうする？　マールのせいでオーガと近接戦闘させられたしな。何かコイツ懲《こ》りてない感じもするんだよな。

「今日、お前がやったことは俺に対する殺人行為に匹敵《ひってき》するんだぞ。それをちゃんと理解しているのか？」

「貴方は簡単にオーガを倒していたじゃない」

「冗談じゃない！　オーガと近接戦闘なんてしたことないわ！　ちょっとした不運があっただけで、最悪二人とも死んでいたんだぞ！」

自分の軽率な行動が自らの死に繋《つな》がることにやっと思い至《いた》ったのか、マールの顔は青褪める。

そしてそのまま俯いてしまった。

「何であんなことをしたんだ。オーガにファイアアローをぶちかますなんて。ピンポイントで動いているオーガの眼球に命中させないと倒すことなんてできないのに」

「第三隊にいた貴方ができるなら、第一隊のトップレベルの私にできないはずがないと思って……」

「生死がかかっている場所に変なプライドを持ち込むな！　魔導団は軍人だ。ダンジョンも戦場同様、死と隣り合わせなんだよ。今日、修練のダンジョン前で俺の指示に従うようにって言ったよな。戦場で上官に従わない軍人は害悪《がいあく》だ！」

マールは顔を上げて俺を射抜《いぬ》くように見る。

「貴方が言っていることは理解できるわ。だけど私がエクス帝国魔導団第一隊のトップレベルであることは私にとって大事な矜持《きょうじ》なの。これを捨て去ったら私は私でなくなる」

「そんなにその矜持が大切ならば、それに見合う実力を身に付けるんだな。そうしないと早死にするぞ」

マールはまた俯いてしまった。そんなマールに俺なりの妥協《だきょう》点を提案する。

「今後、マールを修練のダンジョンに連れて行くかどうかはサイファ団長に一任することにする。サイファ団長が許可を出せば連れて行くよ。それは上官の命令になるからな」

俺は食べ終わった食器を片付け、マールを置いて部屋に戻った。

◆◇◆◇◆◇◆◇◆◇

魔導団第一隊修練部14日目。

今日も魔導団第一隊の人を修練のダンジョンに連れて行く予定だ。朝の8鐘にダンジョン前に行くと若い男性が待っていた。俺に気づくと近寄ってきて頭を下げる。

「魔導団第一隊所属のカタスです。今日はよろしくお願いします」

カタスさんは挨拶をして柔和な笑みを浮かべた。年齢は30歳までいってなさそう。とても穏やかそうな男性だ。今日は問題がなさそうだな。

「魔導団第一隊修練部のジョージです。こちらこそよろしくお願いします。カタスさんは体内魔法の身体能力向上は問題なくできますか？」

「騎士団ほどではありませんが、何とか大丈夫です。でも体外魔法との切り替えはとても時間がかかります」

「それなら今日は身体能力向上だけを行ってくれれば良いですよ。戦闘は全てこちらでやります」

「心強い言葉ありがとうございます。足を引っ張らないように頑張ります」

俺はカタスさんを伴《ともな》って修練のダンジョンに入った。

カタスさんは地下1階、地下2階と特に問題なくついてきている。体内魔法の身体能力向上はしっかり使えるようだ。今のところは大丈夫だけど体力が持つかな？　騎士団第一隊の人は毎日訓練で1鐘の時間走っているからなぁ。

地下3階に降りた。昨日はオーガのモンスターハウスに向かう時にオーガに遭遇し問題が生じたけど、今日は大丈夫だろうな。

「カタスさん。オーガに魔法を撃たないでくださいね。危ないですから」

「了解です。ジョージさんの邪魔は絶対しないよ。僕もサイファ団長は怖いからね」

どうやらサイファ団長から相当釘《くぎ》を刺されてきているみたいだ。ちょうど前方に1体のオーガの魔力反応があった。

「オーガが前方にいます。すぐに倒しますね」

俺は丁寧に詠唱を始める。

【火の変化、千変万化たる身を矢にして貫け、ファイアアロー！】

俺の右手から火の矢が1本出現するやいなや、オーガに向かっていく。一瞬でオーガの右眼球に刺さる。崩れ落ちるオーガ。

「こりゃ凄いな。コントロールも凄いけど、魔法の速度が桁違《けたちが》いだね。普通の風の魔法より速いんじゃないか」

風の属性の魔法の特徴は不可視と速さだ。その風の魔法より速いと褒められると嬉しくなるね。

「魔石を拾って進みましょうか。オーガのモンスターハウスに行きますよ」

「おぉ！　オーガのモンスターハウスなんて普通は入れないから楽しみにしてきたんだ」

オーガのモンスターハウスなんて普通の人には一生縁《えん》がない場所だよな。楽しみにしていたか。なるほどねぇ。

オーガのモンスターハウスでは、いつも通りにファイアアローの2連発で全滅させた。呆気《あっけ》に取られているカタスさん。

「カタスさん。魔石を拾ったら、次に行きますよ」

「いやぁ！　興奮したよ！　ジョージさんの魔法は規格外だね。オーガがまるで雑魚《ざこ》みたいじゃないか！　1発目のファイアアローはまさに芸術だよ！」

「今日はあと2回オーガのモンスターハウスに入りますよ。それより魔石を拾ってください」

慌てて魔石を拾い始めるカタスさん。まぁ良い人なんだろうな。

モンスターハウスにオーガが復活するまでは地下3階でサーチ&デストロイを行う。俺の魔法を見る度《たび》に感嘆《かんたん》の声を上げるカタスさん。ここまで称賛されるとかえってやりにくい。まぁマールより良いか。基本的に騎士団より魔導団のほうが変わり者が多いからな。

騎士団第一隊と同じように、カタスさんは最後までついてこれた。身体能力向上をずっと続けながら4鐘の時間走るのは体力的にかなりキツいと思うんだけどな。

カタスさんとのパーティで得たオーガの魔石は100個を超えた。これは騎士団第一隊の人たちを連れて行った時と変わらない量だ。

カタスさんは修練のダンジョンを出た時には流石《さすが》にグッタリしていた。冒険者ギルドで魔石を納品してから、カタスさんと冒険者ギルドの食堂で昼ご飯を一緒に食べる。

「ジョージさんは毎日あんなことをしているのか？　体力と魔力はキツくならない？」

「慣れましたよ。それにダンジョンでレベルアップもしますし。それにまだこれからです。午後には騎士団第一隊との近接戦闘の訓練がありますから」

「こりゃ参った。頭が下がるよ。僕には無理だな。それはそうと、マールが迷惑をかけたみたいだね」

「ああ、もう別に気にしてないですよ。ただダンジョン内では極力危険は避けたいですね」

「そっか、それなら良いんだけど、マールは少し焦《あせ》っているんだ」

「焦っている？」

「マールの実家のボアラム家は没落していてね。ボアラム家がマールにかける期待が凄いんだ。戦争で戦功を立ててほしいんだろうね」

ボアラム家も侵略戦争推進派なのかな。無理して戦争しなくてもって思うんだけど、いろんな思惑《おもわく》があるんだろうな。

「僕は元々平民だから気楽だけどね。ジョージさんと一緒さ。魔導爵で満足だよ」

俺も前は魔導爵で満足していた。だけど今は伯爵になることでスミレさんとの結婚が少しだけ現実味を帯びてきたからなぁ。

あ、でも不老の問題は放置していた……。ちゃんと考えないとな。

午後からはいつも通り近接戦闘の訓練をした。

なんだろう。何となくスミレさんが冷たかった。何か俺、気に障《さわ》ることをしたかな？　全く心当たりがない。こんな日もあるか。

訓練が終わって宿舎で不老について考えてみた。わかったことは悩んでもしょうがないってことだ。結局なるようにしかならない。自分の我儘《わがまま》に生きるのが良いのかなって思った。

よし！　俺の座右の銘を【なんとかなるさ】に変えよう。明日はスミレさんの機嫌が直っていたら良いなぁ。

幕間　もやもや気分（スミレ視点）

魔導団第一隊修練部14日目。

私は毎日朝の6の鐘《かね》に起床する。ちょうどその時、教会の時を知らせる鐘が6回鳴る。今まではⅠ鐘の時間、剣術の練習をしていたが、ジョージ君お勧《すす》めの魔力ソナーの訓練に変えている。魔力ソナーの有効距離を伸ばす訓練は精神的にとても疲れる。

有効範囲は魔導師でも平均で30メトル、魔力制御《せいぎょ》に優《すぐ》れていても50メトルくらいだ。頑張って有効範囲を伸ばしても30メトルが50メトルくらいにしかならない。これなら目視で充分だ。

確かにこんな訓練は誰もやらないだろう。魔力ソナーは繊細《せんさい》な魔力制御が必要だ。自分の魔力を体外に放出する。

広く、広く。薄く、薄く。

魔力を静かな湖面のようにしなければならない。ちょっとした集中力の乱れで魔力がさざめく。最近やっと有効範囲が30メトルになった。最初は全くできなかったから格段の進歩だ。

7の鐘の時間になったので訓練を切り上げ、屋敷の食堂に行く。使用人が朝食の用意をしてくれている。帝都のノースコート侯爵家の屋敷には現在、兄と妹と私の他には使用人しかいない。父と母は領地にいる。兄と妹とは時間が合わないため朝食は一人だ。

朝食をとり魔導団の制服に着替える。ここから魔導団本部までは歩いて4分の1鐘程度の時間だ。余裕をもって出勤する。

魔導団本部ではジョージ君とマールという女性の話で持ちきりだった。マールが修練のダンジョンで問題を起こしたことは何となく聞いていたが、昨晩、独身宿舎の食堂にてジョージ君とマールが一緒に夕食をとっていたらしい。その話を聞いて、何故《なぜ》かわからないが胸がモヤモヤする。こんな感覚は初めてだ。

周りの会話を聞いていると、魔導団所属の女性隊員にとってジョージ君はどうやら男性として優良物件になっているようだ。伯爵になることが内定しているし、魔導団第三隊から第一隊に抜擢《ばってき》された。ジョージ君本人も魔法の腕に自信がついてきたのだろう。出会った頃のようなオドオドした感じが失《う》せている。手入れされていなかった髪型がいつしかスッキリして見た目も悪くない。修練のダンジョンで得ることができるオーガの魔石により、金銭的にも魅力がある。

なるほど。ジョージ君が現在モテているのも当たり前か。そんなことを思っていると気が強そうな女性が近づいてきた。

「貴女《あなた》が騎士団第一隊から転籍してきたスミレ・ノースコートね。私はマール・ボアラム。天才魔導師よ」

「なにか用か？」

「貴女は魔導団第一隊修練部に所属しているんでしょ。その前は修練のダンジョンの調査をジョージ・モンゴリとおこなっていた。ジョージについて知っていることを教えなさい」

「何故、私がそんなことを教えないといけないんだ？」

「それはジョージ・モンゴリは私の伴侶《はんりょ》に相応《ふさわ》しいからよ。またジョージも私と結婚すれば幸せになれる」

ジョージ君は将来は愛する人と温かい家庭を作りたいと言っていた。だが私は直感的に相手はこの女性ではないと確信してしまう。

「お断りだ。お前はジョージ君に悪影響を与えそうだ」

「何でアンタにそんなことを言われないといけないのよ！　それにジョージはアンタの上官になっているんでしょ！　それを君付けで呼ぶなんて軍人としておかしいんじゃないの！」

確かにジョージ君は年下でこの間までは私が指導していたが、今は上官だな。でもこれとそれは話が違う。

「とにかくお前に教えることは何一つない」

私はマールの返事を聞かず修練場の魔法射撃場に向かった。いつもの攻撃魔法の練習だ。しかし今日の結果は散々《さんざん》だった。射撃場の魔道具でわかる魔法精度の値《あたい》はいつもより悪かった。

午後からのジョージ君の近接戦闘訓練では、胸のモヤモヤが晴れずジョージ君にキツく当たってしまった。こんなことではダメだと思いながらも私は止められなかった。


午後の訓練が終わり帰宅して屋敷の自室で考えた。

私は何をしているのだろうか？　意味のわからない感情に振り回されてどうする。これはまずい状況かもしれない。軍人として自分を律しなければ。

それならば軍人として、明日からはジョージ君ではなくジョージさんと呼ぶことにするか。意識的に軍人としてジョージ君と付き合えば問題がなくなるはずだ。何か胸に痛みを感じたが、気にせず就寝した。

第3章　無茶ぶり。それは……。

魔導団第一隊修練部15日目。

午前中は魔導団第一隊の人を修練のダンジョンに連れて行った。今日も問題なく終わった。

さて、今日のスミレさんの機嫌はどんな感じだ？

午後になり修練場に向かった。スミレさんがいた。俺に気がつくとスミレさんは敬礼をして大きな声を上げる。

「ジョージさん！　今日もよろしくお願いいたします！」

ジョージさん!?　なんじゃや!?

「あの……、スミレさん。ジョージさんって何？」

「ジョージさんは私の上官ですから当たり前です。今までが間違っていました。私のことはこれからはスミレと呼んでください」

おぉ！　スミレさんを呼び捨てするなんて！　恋人みたいだ！　でもこれは違うよね。甘ったるい雰囲気《ふんいき》が皆無《かいむ》じゃん。

「スミレさん、魔導団第一隊修練部は俺とスミレさんの二人しかいない新規の部です。今まで通り気楽にやりましょうよ」

「それは駄目です。魔導団は軍隊であります。上官に対しては礼儀が必要です」

「俺とスミレさんは1カ月間、修練のダンジョンを調査したパーティじゃないですか。俺はスミレさんのことを相棒《あいぼう》だと思っています。そんな他人行儀な話し方だと悲しくなります。魔導団は騎士団と比べて、その辺は緩《ゆる》いから大丈夫ですよ」

「それでもケジメは必要です」

こりゃ頑固《がんこ》だ。スミレさんってこんなところもあるのか。なんか良い方法はないかな。そうだ！　困った時のサイファ団長！

「ちょっと団長室に行ってきます。待っていてください」

「了解致しました。ジョージさん」

まいったね。こりゃ。

俺は全くプレッシャーのかからなくなった分厚い団長室の扉をノックした。中から入室許可の返事が聞こえた。サイファ団長は微笑を浮かべて俺を迎えてくれた。何かホッとする。

「誠に申し訳ございませんが頼み事があります」

「マールのことでしたら、今朝一番で本人から報告がありましたよ。貴方《あなた》から許してもらったって。修練のダンジョンに連れて行くかどうかは私の判断に委《ゆだ》ねるそうね。まぁ当分は駄目かしらね」

「あ、すいません。そちらもよろしくお願いします。お願いしたいこととは新しいことでして……」

「あら何かしら？」

「スミレさんは現在、私の補佐になっております。形として私が上官になっております。何とか同格にしてくれませんか？」

「別に構わないけど、どうしたの？」

「スミレさんが俺のことをジョージさんって呼ぶようになったんです。それに敬語を使うんですよ。今さらやりにくいです」

「あらあら、一体何があったのかしら。でも貴方がやりにくいのでしたら新しい肩書きを考えましょう。そうね。貴方はエクス帝国魔導団第一隊修練部第一部長、スミレさんは第二部長にしましょう。もちろん同格よ。早速《さっそく》辞令を書くわね。ちょっと待っていてね」

「無理なお願いを聞いていただきありがとうございます。本当に助かります」

　他の仕事を止めて俺とスミレさんの辞令を書いてくれる。サイファ団長は優しいな。好きになっちゃいそうだ。

「はい、これをスミレさんに渡してあげてね。これで貴方とスミレさんは同格の同僚よ。敬語の必要もなくなるわね。仲良くやりなさいね」

「ありがとうございました」

俺は辞令を受け取り修練場に向かった。

「おかえりなさい。ジョージさん」

敬礼で俺を出迎えるスミレさん。スミレさんには「お疲れ様です。あなた」って迎えてほしいものだ。

俺はサイファ団長からもらった辞令をスミレさんに渡した。目を丸くするスミレさん。

「こんなに簡単に辞令って出るのですか？」

「まぁそれが魔導団です。規律が緩めなんですね。変わり者が多い魔導団をまとめるためにはしょうがないところがあります。これで俺とスミレさんは同格の同僚です。今まで通りでお願いします」

「あ、あぁ、わかった。何とか頑張るよ」

「何で頑張る必要があるのですか？　普通で良いですから」

「その普通が難しいから軍人として対応したんだ！」

「何か俺、スミレさんにしましたか？　気に障《さわ》るようなことがあったら言ってください。直しますから」

「いや、そんなことではないんだ。私の問題だ。今まで通りになるよう頑張るから気にするな」

何故《なぜ》かスミレさんの顔が赤くなっていた。

◆◇◆◇◆◇◆◇◆◇

魔導団第一隊修練部15、16日目。

午前中は魔導団第一隊の人を修練のダンジョンに連れて行った。やはりずっと身体能力向上を継続して走るのはキツいみたいだ。休みを入れながらオーガ討伐《とうばつ》を実施した。それでもオーガの魔石は90個ほどは獲得できたので充分だろう。

午後の近接戦闘訓練は変わりなく続いている。まだスミレさんは少しぎこちないが少しずつ前の状態に戻ってきた。ホッと胸を撫《な》で下ろした。

近接戦闘訓練も楽にこなせるようになってきている。やっぱりこれのせいだろうな。俺のギルドカードを見るとレベル56の文字が。また上がっている。レベル50で伝説ならレベル60だと何になるのか？　人外かな？

◆◇◆◇◆◇◆◇◆◇

魔導団第一隊修練部17日目。

午後から毎週最終日のサイファ団長への活動報告に行く。

「急なお願いなんだけど、来週から修練のダンジョンにスミレさんを連れて行ってほしいのよ」

「別に問題はありませんよ。何か理由があるんですか？」

「先日、スミレさんから申し出があったのね。今ならオーガのモンスターハウスは厳しいけど、通常のオーガとの連戦ならこなせると思うって。それで近接戦闘のスペシャリストを育成しようという計画が持ち上がったのよ。1カ月の修練のダンジョンの調査のおかげでスミレさんが一番レベルが高いの。育てるなら若い人材が良いとなってね」

「了解致しました。シフトはどうしますか？」

「5月中は隔日《かくじつ》の午前中にスミレさんを同行させて。6月からは午後の一般の冒険者の開放が終了するから午後に行く感じね」

またスミレさんとダンジョンに行けるのか。楽しそうだ。スミレさんの剣筋は綺麗《きれい》だから見ているると魅了されるんだよね。決してお尻《しり》にだけ魅了されているわけではない。

◆◇◆◇◆◇◆◇◆◇

魔導団第一隊修練部18日目。

休みの日だ。今日はやることがないので自室で魔力ソナーの限界に挑戦していた。体内魔法の身体能力向上を切り、完全に魔力ソナーのみを発動させる。自分の魔力を体外に広げていく。

広く、広く、広く、広く、広く。

薄く、薄く、薄く、薄く、薄く。

どこまでも広がっていく。

気がつくと帝都全域が有効範囲になっている。まだまだ広げることができる。こりゃどこまで行けるかわからないな。意識すると誰がどこにいるかわかるな。帝都のノースコートの屋敷辺《あた》りに意識を向ける。

いた！

この静謐《せいひつ》で清らかな魔力はスミレさんだ。

幸せだ。なんでスミレさんの魔力を感じると幸せな気分になるんだろう。でも以前と比べスミレさんの魔力の量と質が違いすぎる。やはりダンジョンでのレベルアップが関係しているんだろうな。

魔力の量や質を感じるとその人の強さがわかる。これはレベルがわかっちゃうね。やはり帝都の中ではスミレさんが断トツだ。他の人が霞《かす》んで感じる。

ただサイファ団長の魔力だけはわからない。魔力ソナーでは、それほど魔力が高いように感じないのだが何か変だ。まるで偽物《にせもの》の魔力を見せられている感じだ。魔力隠蔽《いんぺい》とか魔力偽装《ぎそう》とかできるのかな？　今度聞いてみよう。

宿舎の廊下を走る魔力を感じる。知っている魔力だ。魔導団第一隊の人だな。その魔力は俺の部屋の前で止まり、ドアを叩《たた》く音がした。扉を開けるとやっぱり魔導団第一隊の人だった。

「サイファ団長より緊急の呼び出しです。至急団長室までお越しください」

「了解致しました。急いで用意をしてすぐに伺《うかが》います」

俺は魔導団の制服を着て隣にある魔導団本部の団長室を訪れる。サイファ団長がこちらを見て微笑《ほほえ》んだ。

「休みの日に悪いわね。今、スミレさんとゾロンも呼んでいるから皆が来るまでお茶でも飲んで待っていてね」

俺は団長室にあるティーセットから勝手にお茶を淹《い》れる。皆が集まるまで時間がありそうなので魔力ソナーでサイファ団長の魔力を真剣に探ってみる。

スミレさんのような静謐で清らかな魔力ではない。なんと例《たと》えたら良いのだろうか。深淵《しんえん》な穴の中を覗《のぞ》いているような感覚。サイファ団長の魔力に集中しているとサイファ団長が俺を見て微笑んだ。

「ジョージ君。乙女《おとめ》の秘密を探るようなことはしちゃダメよ」

俺はその言葉にビクッとなった。

「俺が魔力ソナーを使っているのがわかるんですか」

「通常の魔力ソナーだとわからないけど、そこまで私の魔力を覗き込もうとしたら流石《さすが》にわかるわよ。あまりよろしくない行為だわ」

「失礼しました。つい好奇心に負けてしまったみたいです。もうしません」

「まぁ人間ではほとんど気がつかないでしょうね。エルフ相手だと半々くらいかな。魔力ソナーは自分の魔力を体外に広げて、相手の魔力との反発で感知する魔法だから。それだけだったら気がつかないわ。貴方が今やったのは、無理矢理相手の魔力に自分の魔力を浸透させる行為だから魔力に敏感な人は感じてしまうわね」

「へぇ、そうなんですか」

「学校で勉強したでしょ。呪文解析概論《じゅもんかいせきがいろん》の範囲よ」

「すいません。劣等生だったので……。もしよければ今度、魔法について相談に乗ってほしいのですが」

「私に教わる前に高等学校の教科書を読んできたほうが良いと思うわ。まずは自《みずか》ら勉強して、それでもわからなかったら相談してね」

簡単に断られてしまった。まぁ当たり前か。高等学校の教科書は宿舎のクローゼットの奥にあるはず。よし勉強してみるか。

お茶を飲んで待っていると騎士団のゾロン団長とスミレさんがやってきた。全員がソファに座りサイファ魔導団団長が口を開いた。

「休日に集まってくれてありがとうございます。今日、お呼びした件ですが、修練のダンジョンの地下4階でドラゴンが発見されたわ」

修練のダンジョン、地下4階、ドラゴン。どうしてそうなる!? 俺の疑問に答えるようにサイファ団長が説明をし始めた。

「今日は【無の日】の休日だから、午前中も一般の冒険者に修練のダンジョンが開放されているわ。今日の午前中の冒険者は隠密《おんみつ》に優《すぐ》れている冒険者二人だったの。地下4階に通じる階段までのマッピングは以前の調査で終わっている。彼らは地下3階のオーガから逃げ、地下4階に降りたみたい。何かお宝があるかもしれないと思ったからって言っているわ」

どうやら件《くだん》の冒険者の聴き取りは終わっているようだ。サイファ団長の説明が続く。

「地下4階に降りた冒険者二人は洞窟《どうくつ》を進み草原に出たそうよ。ここまではジョージ君とスミレさんの報告と同じね。それで、付近に何かないか捜索していた時に遠くの方から咆哮《ほうこう》が聞こえてきたって。冒険者は咆哮がした方向を確認すると空を飛ぶ物体を発見する。向こうも彼らに気がついたらしく近寄ってくる。ドンドン大きくなる飛行物体。迫り来る赤黒い巨体。二つの角《つの》に大きな牙《きば》。強靭《きょうじん》そうな鱗《うろこ》に覆《おお》われている身体《からだ》。鋭そうな爪《つめ》。冒険者は慌《あわ》てて踵《きびす》を返して逃げ出してきたって。冒険者からの聴き取りの結果、先程その魔物はドラゴンで間違いないと学者が断定したわ」

あの物凄《ものすご》い魔力反応はドラゴンのものだったのか。それなら納得だ。人間が勝てるとは思えない。

サイファ団長が真剣な顔になった。

「修練のダンジョンの地下4階層の調査は中止にしていたわ。しかし魔物がドラゴンとわかって状況に変化が生じる可能性があるの。ドラゴンを討伐すれば間違いなく英雄になれる。そしてエクス帝国は英雄を待ち望んでいる。いやエクス帝国だけじゃなくどこの国、いつの時代でも英雄を欲しているのよ」

ま、まさかと思うけど……。

「ジョージ君にドラゴン討伐の特別任務が出るわ」

確かに以前、サイファ団長から眼《め》にファイアアローを突き刺すことができれば、たとえドラゴンでも倒せるかもとは聞いていたけど……。

実際には英雄なんてなりたくないぞ。そんな俺の気持ちを見透かしたようにサイファ団長が言葉を続ける。

「ジョージ君、ドラゴンスレイヤーの称号《しょうごう》なんて紙に丸めてポイさせてもらうよ。そんな俺の気持ちを見透かしたようにサイファ団長が言葉を続ける。

「ジョージ君、考えてほしいの。ドラゴンを倒す人間がいる国と戦争したがる国があると思う？　ドラゴンスレイヤーの称号は戦争抑止のわかりやすい指標になるのよ」

「お言葉ですが、修練のダンジョンには二人までしか入れません。サイファ団長は本当に二人だけでドラゴンを倒せるとお思いですか？」

「ジョージ君の成長速度を考えると強《あなが》ち無理だとは思わないわ。半年くらいの期間があれば必ず討伐できると思っているわ」

目の前が暗くなった。戦争に行けと言われたほうがまだマシだ。あんな化け物のような魔力を持っている魔物と相対《あいたい》するのか。しかし無慈悲《むじひ》なサイファ団長の声が響く。

「たぶん数日中にこの特別任務は発動される。ドラゴン討伐のパートナーはジョージ君に一任するつもり。近接戦闘が得意な人を選んで自分を守らせるも良いし、攻撃魔法が得意な魔導団から選んで一緒にドラゴンを遠距離攻撃しても良いわ」

ゾロン騎士団長は何も言わない。冷静に考えて、騎士団の中に空を飛ぶドラゴン相手に戦えそうな人員はいないのだろう。

ドンドン外堀が埋められていっている。ドラゴン討伐の特別任務を断るという選択肢《し》がなくなっている。もうやるしかないようだ。

「ドラゴン討伐の特別任務はジョージ君の陞爵《しょうしゃく》の後にする予定よ。伯爵になったその後にドラゴン討伐の任務を出すわ。若き伯爵がドラゴンスレイヤーになるなんて乙女心をくすぐるわね」

乙女心だぁ！　おどりゃ、何歳やねん！

あ、ヤバい……。

「何か失礼なことを考えていたみたいだけど、よろしくね」

俺は肩を落として魔導団の団長室を出た。

俺の気持ちはギロチン台に上がる死刑囚。後ろからスミレさんが追いかけてきた。

「ジョージ君、頼みがある。ドラゴン討伐のパートナーに私を選んでくれ！　足は引っ張らない！　お願いだ！」

そりゃスミレさんがパートナーになってくれたら心強いけど、ドラゴンは危なすぎるよな。

「嬉《うれ》しい申し出なんですけど、ドラゴン討伐は俺一人で行こうと思います。何も死人を増やす必要はないでしょ」

「死ぬつもりなのか？　だったら私を連れて行っても何も困らないはずだ。どうせ死ぬのだから」

「残念ながら俺は意地汚く生き抜くつもりでね。足掻《あが》けるだけ足掻くつもりですよ。最悪、逃亡しますけどね。そんなことになればエクス帝国にいられなくなります。逃亡軍人で犯罪者ですよ。俺は天涯孤独《てんがいこどく》だから良いけど、スミレさんにはご家族がいるでしょう」

「ジョージ君が足掻けるだけ足掻くと言うのを聞いて安心したよ。前にも言ったが私は簡単か難しいかで行動を選択しない。できる、できないじゃない、やるかやらないかだけだ。ドラゴン討伐という難題を工夫して努力して達成するまでだ。君と私ならそれができると確信している」

スミレさんは頑固なところがあったな。腹を括《くく》るか。

「そこまで言うなら是非《ぜひ》ドラゴン討伐のパートナーになってください。ただし後悔するかもしれませんよ」

「ジョージ君のパートナーにならないと必ず後悔するからな。同じ後悔するなら行動するほうを選ぶさ」

　スミレさんをドラゴン討伐《とうばつ》のパートナーに選んだために逃げるわけにはいかなくなったな。何とかドラゴン討伐を成功させないと。まずはドラゴンの資料集めからだな。俺は帝国図書館に行ってドラゴンの資料を集める。


【ドラゴン】

　全長は10メトルを超え、体高は8メトル以上。20セチルを超える牙《きば》と鋭い爪《つめ》が生《は》えている。丸太のような巨大な尻尾《しっぽ》を持っていて、全身に丈夫《じょうぶ》な鱗《うろこ》を纏《まと》っている。角《つの》が生えている個体が多く確認されている。

　背中には翼が生えているが、ドラゴンは風の魔法により飛行している。全身を風の魔法で覆《おお》っているため、ドラゴンを討伐するには、この風の魔法を超える攻撃が必要になる。直径1メトルほどの火の玉を吐き、攻撃魔法を使う個体も確認されている。

　弱点と考えられる部位は両眼、鼻腔《びこう》、耳、口腔《こうこう》、股間《こかん》、肛門《こうもん》などの鱗がない部分。また腹部は比較的柔らかいと言われている（それでも硬《かた》いが）。

　こんな魔物が倒せるのか……。

　やっぱりオーガを倒す時のように両眼にアロー系の魔法を撃ち込んで脳味噌《のうみそ》を破壊するのが討伐の可能性が高そうだ。ただドラゴンは風の魔法を纏っているから、ファイアアローの火の矢は吹き飛ばされないだろうか？

　実際のドラゴン討伐の実例を見てみる。ダンジョンでのドラゴン討伐事例はなし。

　今までダンジョン内でドラゴンが発見されたこと自体ない。修練のダンジョンが初だ。たぶん普通のダンジョンでは到達されていない深層域にいると考えられている。

　ダンジョン外でのドラゴン討伐の事例は数例ある。あるにはあるが全《すべ》て軍が物量に物を言わせて討伐している。攻城兵器のバリスタや投石機、大量の攻撃魔法などを駆使して倒している。

　しかも討伐の成功率は滅茶苦茶低い。だいたいはドラゴンを追い払うだけだ。

　なるほど。通常、ドラゴンスレイヤーの称号《しょうごう》は個人に与えるものではなく、軍団に与えるものだ。

　こりゃ相当無茶振りをされているのがよくわかる。

自室のクローゼットを開け、奥から高等学校時代の呪文解析概論《じゅもんかいせきがいろん》の教科書を出してくる。まずはもっと貫通力の強い魔法が必要だ。

魔法の属性を大きく分けると火・地・風・水の４つだ。それぞれに特徴がある。

★火・・・攻撃力は高い。範囲攻撃に適している。貫通力は高くない。

★地・・・地面がないと魔力を大量に使う。基本は守り特化。

★風・・・見えにくく速い攻撃魔法。攻撃力は少し弱い。

★水・・・汎用性《はんようせい》に優《すぐ》れている。直接の攻撃力は弱い。

★無・・・体内魔法の身体能力向上や体外魔法の魔力ソナーなど。

この基本属性だけではドラゴンを倒すには足りない。基本があれば応用もある。魔法の４属性にも発展系が存在している。

★炎・・・火の属性をより一層高めた属性。貫通力は高くない。

★岩・・・地属性の発展系。地属性を特化させた属性。やはり地面がないと魔力消費が半端ない。

★颯《はやて》・・・疾風《しっぷう》属性とも言われる。風属性より速く、攻撃力も上がっている。ドラゴンが纏っているのも颯属性の可能性がある。

★氷・・・氷属性の発展系統。氷属性になると貫通力が高くなる。攻撃力も高い。しかし魔力を大量に消費する。

俺が考えているのは氷属性だ。ファイアアローを超える貫通力。氷属性のアイシクルアローでドラゴン討伐を目指す。しかしアイシクルアローは上級魔法だ。俺は使ったことがない。まだ時間があるな。今から修練場の魔法射撃場に行くか。

魔法射撃場に行くと射撃場の管理人から俺は的《まと》を狙《ねら》わないようにと注意を受けた。また魔道具を壊されてしまうと困るからららしい。

参ったな。目標物がないと魔法を放ちにくい。急遽《きゅうきょ》、丸太を用意してもらいそれに撃ち込んでみることにした。

まずは一本の氷の矢からだな。初めての魔法のため魔力はあまり込めずに制御《せいぎょ》に意識を集中する。そして丁寧《ていねい》に呪文を詠唱《えいしょう》した。

【静謐《せいひつ》なる氷、悠久《ゆうきゅう》の身を矢にして貫《つらぬ》け、アイシクルアロー！】

右手より50センチ程の氷の矢が凄《すご》いスピードで丸太に発射された。氷の矢は丸太の狙ったところを突き抜けて、射撃場の壁をも突き抜けてしまった。そのまま隣の騎士団本部の壁を壊して止まる。

呆然《ぼうぜん》とする俺と射撃場の管理者。慌《あわ》てて騎士団本部まで謝罪に行く。騎士団ではいきなり魔法が撃ち込まれたことで、テロと思ったようだ。

その後、悲しいことに俺は魔法射撃場を出禁になった。まぁ取り敢《あ》えずアイシクルアローのコントロールには問題なくて良かったよ。

◆◇◆◇◆◇◆◇◆◇

魔導団第一隊修練部19日目。

今日の午前中は魔導団第一隊の人を修練のダンジョンに連れていく。今日はファイアアローではなく、アイシクルアローを使う予定だ。たぶんアイシクルアローの貫通力ならば、オーガが身体能力向上で防御力を上げていても致命傷を与えることができるような気がする。一応眼球は狙うけどね。

ダンジョンの摩訶《まか》不思議でダンジョンの壁や天井は破壊不可能だ。安心してアイシクルアローを撃つことができる。問題は魔力が持つかどうかだ。

火属性は基本属性だ。ファイアアローは中級魔法の下位。氷属性は水魔法の上位魔法に当たる。そのためアイシクルアローは上級魔法に位置している。たぶん大丈夫だと思うけど、無理はしないでおこう。

結果としては酷《ひど》いものだった。

オーガから見て……。

アイシクルアローがオーガの眼球に当たると頭蓋骨《ずがいこつ》を貫通してしまう。オーガのモンスターハウスでは、30本のアイシクルアローを放ったが、オーガの強靭《きょうじん》な身体《からだ》を全て貫いていた。殺戮《さつりく》感が半端ない。

午前中いっぱい、オーガを倒すのにアイシクルアローを使ったが魔力にはまだまだ余裕があった。修練のダンジョンに入るようになって魔力欠乏《けつぼう》に陥《おちい》ったことがないなぁ。底が見えなくなっている。

問題はドラゴンの風属性（颯属性？）の壁を破れるかどうかだ。

アイシクルアローの速さと威力《いりょく》をより一層上げていかないと……。ドラゴン討伐において油断は絶対にしない。

午後からの近接戦闘訓練ではアイシクルアローは封印《ふういん》だ。貫通力が半端なくて模擬《もぎ》戦なんかには使えない。アイシクルアローを戦争で大軍相手に使ったら凄い有り様《あさま》になりそうだ。城攻めでも城門を簡単に壊せそうだしな。俺は本当に殺戮マシーンになっている気がする。今度の休みの日にはオーガの慰霊《いれい》でもしようかな。

◆◇◆◇◆◇◆◇◆◇

魔導団第一隊修練部20日目。

今日の午前中はスミレさんと修練のダンジョンだ。

「今日はまずオーガのモンスターハウス以外は私に任せてくれ。オーガとの連戦に挑戦したいんだよ」

「わかりました。極力手を出さないようにします。気をつけてくださいね」

「任せてくれ。自信はあるんだ。以前と比べて身体のキレが段違いだし、【雪花《せっか》】に込められる魔力の量と質も上がっているんだ」

「その刀《かたな》って魔力が込められるんですか？」

「【雪花】に魔力を込めると白く光って音を奏《かな》でる。切れ味が増すんだよ」

あのりんりんと鳴る音か。そういえば刀身《とうしん》が白く光っていたな。

地下3階に降りてオーガと遭遇《そうぐう》する。スミレさんはオーガまで駆け寄り上段から【雪花】を振り下ろす。綺麗《きれい》に真っ二つだ。

【雪花】は白く光り、りんりんと鳴っている。

全く危なげない戦闘だった。これならオーガのモンスターハウスのオーガも問題なく倒せるんじゃないのか？

「どうしますスミレさん？　モンスターハウスでもスミレさんが討伐してみますか？」

「そうだな。午前中に3回モンスターハウスに入るんだろ。最後の3回目に挑戦させてもらおうか。ジョージ君の新しい魔法も見たいからな」

おぉ！　俺のアイシクルアローを見たいのか。これは気合いが入るな。急ぎモンスターハウスに向かう。モンスターハウスの扉を開けて呪文の詠唱を行う。

【静謐なる氷、悠久の身を矢にして貫け、アイシクルアロー！】

60本の50センチほどの氷の矢がモンスターハウスのオーガに向かっていく。昨日の戦闘でわかっている。アイシクルアローはオーガの身体能力向上の防御力を完全に上回っている。串刺《くしざ》しになる20体前後のオーガ。60本の氷の矢がダンジョンの光を浴びてキラキラ光っている。生き残りはいないみたいだ。しかしオーガが魔石になるまでは気を抜かない。

魔石を拾いながらスミレさんが口を開く。

「思っていた以上にアイシクルアローの貫通力は凄いな。今のままでもドラゴンに通じるんじゃないか？」

「どうでしょうね。ドラゴンと戦ったことがないから何とも言えないです。できる限り自分の能力を上げてから挑戦したいですけど」

「そうだな。命は一つしかないからな。私も石橋を叩《たた》いて渡るのは良い判断だと思う」

スミレさんがオーガと近接戦闘をするため、オーガの魔石を持つのは俺の仕事だ。モンスターハウスのオーガが復活する前に一度ダンジョン入り口脇《わき》の詰所《つめしょ》に魔石を預けに行く。モンスターハウス討伐1回ごと預けに行かないといけないので少し面倒《めんどう》だが、スミレさんを身軽にさせるためにはしょうがない。まぁ1回につき4分の1鐘《かね》程度の時間のロスしかないから大した問題ではない。

順調にオーガ討伐を進めていく。スミレさんの身体のキレがドンドン増していく。次は今日最後のモンスターハウスだ。スミレさんの集中力が増しているのを感じる。静謐で清らかな魔力に凄みが増している。

スミレさんは満を持《じ》してモンスターハウスの扉を開けた。

りんりんりんりん。

鳴り止まない【雪花】。

白い刀身が光り輝いている。

オーガを次々と斬《き》り伏せていくスミレさん。

その時【雪花】の刀身が伸びた!? よく見ると伸びているところは魔力の刃《やいば》だ。1.5倍くらいの刀身になっている。切れ味も半端ない。スミレさんの討伐速度が一段上がった。圧勝だった。

スミレさんは近接戦闘だけでオーガのモンスターハウスを全滅させてしまった。

確かに【雪花】の刀身が伸びてから戦闘が楽になったようだが、それがなくとも間違いなく殲滅《せんめつ》できただろう。スミレさんは満足げに俺の顔を見た。

俺はこのスミレさんの顔を一生忘れない。

◆◇◆◇◆◇◆◇◆◇

魔導団第一隊修練部21〜23日目。

修練のダンジョン内でのアイシクルアローの練習は進んでいる。精度、速さ、威力が上がっていっている。今のところは順調だ。

5月22日にスミレさんと修練のダンジョンに行った時は、オーガのモンスターハウスは全てスミレさんに任せた。完全に安定してオーガを倒している。

午後からの近接戦闘訓練では新たなことができるようになった。体内魔法である身体能力向上。これは身体内全体で魔力循環《じゅんかん》をすることで可能になる。新たにできるようになったことは部分強化である。

足に集中して魔力循環を行うと、通常より速く走れるようになった。また腕に集中して魔力循環すると模擬剣で斬られても無傷で済んだ。他の人にはできないようで、ある程度以上の魔力制御の熟達が必要みたいだ。

ドラゴン討伐に向けての準備が順調に進んでいるような気がする。

◆◇◆◇◆◇◆◇◆◇

魔導団第一隊修練部24日目。

やっと明日は休みだ。いろいろあったので気持ちが休みに向いていかない。少し疲れているのかな？　休暇《きゅうか》でももらって旅行にでも行きたいな。

今日の午前中はスミレさんと修練のダンジョン。やはりスミレさんとのダンジョンは楽しい。俺は魔力サーチと魔石拾いとお尻凝視《しりぎようし》に忙しい。ご褒美《ほうび》がないと軍人なんてやっていられるか！

スミレさんが【雪花】に魔力を通すと刃は2倍程度に伸びるようになっている。取り回しに支障が出るかもしれないと危惧《きぐ》したが、全く問題ないようだ。スミレさんは自分の手足のように【雪花】を扱う。

今日からスミレさんは革《かわ》の胸部装備を着るのを止《や》めてしまった。オーガやドラゴン相手にそんな装備は意味がないとのことだ。今日は青のシャツに白のホットパンツ、膝丈《ひざたけ》の革のブーツ姿。

革の胸部装備を外したせいで戦闘中にスミレさんの胸が揺れる揺れる、また揺れる。完全に目の毒である。俺の心には薬だけど。とても有意義な午前中だった。

午後からはサイファ団長に修練部の活動報告をする。今回から第一部長の俺と第二部長のスミレさんの二人で報告に来た。

「さて、ドラゴン討伐の話からしましょうか。ジョージ君はパートナーにスミレさんを選んだのね。どう、勝てそうかしら？」

「実際に戦ったことがないためあくまで予測ですが、かなりの確率で勝てると思います」

「あら、随分《ずいぶん》な自信ね。ジョージ君はもっと謙虚《けんきょ》かと思っていたわ」

もう、せっかく自分を奮《ふる》い立たせているのに……。

「ドラゴンに立ち向かうには強い心が必要です。勝てると自分に言い聞かせているんですよ。強がりとも言えますね」

俺の言葉にスミレさんが口を挟《はさ》む。

「ジョージ君はこう言っていますが、私もかなりの確率で勝てると思っております。あとは作戦を考えて討伐の可能性を高めることだと思います」

その言葉に笑顔を見せるサイファ団長。

「なら大丈夫かしら。一応、来月のジョージ君の陞爵《しょうしゃく》の後にドラゴン討伐の命令が発動されることになっているわ。期限は1カ月ね。大変かと思うけど宜《よろ》しくね」

期限は1カ月⁉　いくらなんでも短くないか？

「実はロード王国との外交会議があるのよ。その話し合いまでにジョージ君とスミレさんにはドラゴンスレイヤーの称号持ちになってほしいの。討伐証明はドラゴンの魔石になるわね」

まぁ期限が長くてもダラけるだけかもな。前向きに考えよう。

「了解しました。今回のドラゴン討伐任務の準備と、修練のダンジョンにおける魔導団と騎士団の底上げは同時並行して行うのですか？」

「流石《さすが》にそこまで鬼じゃないわよ。週明けからは魔導団と騎士団の修練のダンジョンへの引率《いんそつ》は中断ね。ジョージ君とスミレさんのレベルアップだけに修練のダンジョンを使って。冒険者への開放も終了させたわ」

よし！　それならガンガンレベルを上げようじゃないか！　あ、レベルアップのために合宿をやるか。

「サイファ団長、お願いがあります。修練のダンジョンのすぐ外に寝るためだけの、簡易的な建物を立ててほしいです」

「なるほど。本気で修練のダンジョンでレベルアップに励《はげ》むつもりね。それくらいの予算はすぐに融通《ゆうずう》できるわ」

あとは攻撃力は問題ないと思うので守りの魔法を試してみるか。ドラゴンが瞬殺できれば嬉《うれ》しいが、できなかった場合には俺が固定砲台になるのが良いかな。細かい作戦はスミレさんと考えよう。

スミレさんと魔導団の団長室を出て、修練場の隅《すみ》に来た。早速、地属性の発展系の岩属性の魔法を使ってみる。

地面に手を置いて呪文を詠唱開始。

【堅固《けんご》なる岩石、全ての災《わざわ》いを撥《は》ね返す壁となれ、ロックウォール！】

高さ3メトル、幅が5メトル、厚さ1メトルほどの岩の壁が地面から生えてきた。取り敢えず発動できて良かった。魔力消費はそれほど感じない。岩の壁の耐久力は如何程《いかほど》か？　20メトル程離れて岩の壁目がけてファイアボールを発射する。

【火の変化、千変万化《せんぺんばんか》たる身を礫《つぶて》にして穿《うが》て、ファイアボール！】

直径1メトルほどの火の玉が岩の壁に直撃する。岩の壁の表面は焦《こ》げたが、火の玉をしっかりと防ぎ切ってくれた。これならドラゴンの吐く火の玉にも対処できそうだ。

その後、ロックウォールの呪文をあれこれ試してみた。イメージするだけで岩の壁の形を変えられる。直径5メトルの半球のドーム状にして前面に魔法の発射孔《こう》を作る。後ろには万が一の逃げ道を開けておく。完全に閉じてしまうと真っ暗になるしね。

スミレさんが何も言わずに【雪花】を抜く。岩のドームを斬りつける。りんりんりんと鳴る【雪花】。岩のドームはスミレさんの一撃に耐えることができなかった。綺麗に真っ二つになる。

ここは岩のドームの耐久力を嘆《なげ》くより、スミレさんの攻撃力の凄さを喜ぶべきだろう。

誇らしげにスミレさんは胸を張っている。そう胸を張っている。やっぱり胸を張っている。

最高だ!!

ドラゴン討伐の作戦は大体頭に浮かんでいる。あとはどれだけレベルアップができるかだ。

俺はスミレさんの胸を堪能《たんのう》しながら思考していた。

◆◇◆◇◆◇◆◇◆◇

魔導団第一隊修練部25日目。

朝の魔力循環と魔力ソナーの併用訓練の間にドラゴン対策を練る。練り過ぎて困ることはない。できれば瞬殺したいなぁ。そんなに上手《うま》くいかないだろうけど。

ドラゴンの誘導と牽制《けんせい》をスミレさんに担当してもらう。そのためにはスミレさんに目立ってもらわないとダメだ。修練のダンジョンの地下4階は草原で一面緑だ。ここは緑の反対色である赤色の服装を揃《そろ》えてもらおう。ドラゴンの色覚が人間と一緒かわからないけど。

それにしても女性を知らないまま死にたくないな。そういうお店に行くべきなのか。敷居《しきい》が高いな。諦《あきら》めるか。


宿舎の食堂で朝ご飯を食べているとマールが凄い勢いで近づいてきた。

「ちょっとあんたどういうことよ！」

何か凄い剣幕だな。

「どういうことって？」

「なんでドラゴン討伐の任務にあなたの一番弟子《でし》の私を選ばないの！」

「それこそなんでマールを選ばないとダメなんだ。それに一番弟子ってなんだ？」

「ドラゴンは遠距離攻撃が有効でしょ。それならば魔導団実力第3位の私を選んで当然だわ」

「遠距離攻撃は俺一人で間に合っているんだ。あとは遊撃が欲しいからな。一番弟子についてはは完全無視か？」

「あなたは私より優れた魔導師よ。なら実力が下の者を導く義務があるでしょ。常識よ」

「そんな常識は知らん。俺はお前を弟子になどしない」

マールの常識、みんなの非常識だ。やはり第一印象って信用できるな。マールの第一印象は面倒くさい女だったもんな。マールは「ちっ！」と舌打《したう》ちして帰っていった。

全くサイファ団長はマールにしっかり首輪を着けておいてほしいわ。明日からは修練のダンジョンに籠《こ》もる予定だ。今日くらいゆっくりしたいもんだ。


たまには帝都をブラブラするか。

オーガの魔石の納品のおかげでお金には不自由しなくなっている。買い物に行くのも良いかな。

あ、この間コーディネートしてもらった洋服屋に行こう。もう少しオシャレな洋服のバリエーションが欲しいからね。帝都の中央通りをゆっくり歩いていると、魔導団第一隊所属の女性を見かけた。

確かリンさんだったかな？　ショートカットの髪型が似合う活発そうな子だ。向こうも気がついたようだ。俺に近づいてくる。

「ジョージさんじゃないですか。何をしているんですか？」

「別にやることないから洋服でも買おうかなって思ってね。前に行った洋服屋に行くつもり」

リンさんは少し俯《うつむ》いて何か考え、ほんの数秒で顔を上げた。目をキラキラさせている。

「ジョージさん！　私もついていって良いですか？」

「え、別に良いけど、リンさんは用事ないの？」

「大した用でないから今日でなくて構いません。ジョージさんと一緒にブラブラしたほうが楽しいに決まっています！　私が洋服を選んであげますよ。これでもオシャレには自信があります！」

「それなら頼もうかな。自慢じゃないけどオシャレには疎《うと》いんだよ」

「任せてください！　ジョージさんにバッチリ合う洋服を選ばせてもらいます！」

リンさんはテンション高いなぁ。一緒に修練のダンジョンに行った時はもっと物静かだったような……。

取り敢えずこの間の洋服屋を目指す。洋服屋の前でリンさんが声を漏《も》らす。

「えっ！　ここのお店なんですか」

「そうだよ。この間、ここの店員さんにコーディネートしてもらったんだ。センスの良い店員さんだったよ」

俺が洋服店に入るとリンさんは俯き加減で俺の後ろに来る。この間の綺麗なお姉さんが店の奥から出てきた。

「いらっしゃいませ。先日来られた方ですね。髪がさっぱりして素敵《すてき》になりましたね。あら？　リンじゃない？　もしかしてこの方が彼氏？」

「違うわよ！　お姉ちゃん！　こちらは魔導団第一隊の部長さんなの！　失礼なこと言わないでよ！」

「そうなの？　ひょっとしてリンが彼氏を紹介してくれるのかなって思ったんだけど……。だったら私が立候補しようかしら？」

冗談でも綺麗なお姉さんにこんなことを言われると嬉しくなるな。どうやらここの綺麗なお姉さんはリンさんの本当のお姉さんのようだ。リンさんが俺に心配そうな顔を見せる。

「お姉ちゃんのお店ってセンスは良いとはいえ、そこそこ高級店ですけど大丈夫ですか？」

お金の心配をされちゃった。まぁ普通の魔導団の給料だとちょっと厳しいかもね。

「リンさん、大丈夫ですよ。オーガの魔石の納品でお金には困ってないですから」

目がキラリと光るリンさん。

「お姉ちゃん！　ジョージさんに最高の洋服を選びましょう！」

ここから俺はリンさんとお姉さんの着せ替え人形と化す。結局、洋服代の支払いに80万バルトほどかかった。でもこれでセンスの良いコーディネートが4種類ばかり増えたことになる。

オシャレには金がかかるもんだ。

洋服選びをしてくれたリンさんに夕食をご馳走《ちそう》しようとしたが、どうしても外せない用事があるとのことで断られた。うーん。ちょっと思わせぶりな態度を取られただけなのかな？　俺がモテるわけないもんな。

俺は一人寂《さび》しく宿舎に帰った。

◆◇◆◇◆◇◆◇◆◇

魔導団第一隊修練部26日目。

朝の8鐘に修練のダンジョンに行くとダンジョンの入り口脇の詰所の横手で工事をしていた。早速、仮眠ができる施設に変えてくれるようだ。その近くでスミレさんが既《すで》に待っている。

今日も胸部装備がない。今から楽しみだ。ニヤけそうな顔を引き締めて真剣な声を出す。

「これからドラゴンを討伐に行くまで少し無茶をしたいと思います。討伐の成功確率を上げるためにより一層のレベルアップを図ります。俺が考えている方法は気力的にかなりキツいと思いますが、スミレさんはついてきてくれますか？」

「もちろんやるに決まっているだろ。なんだ、少しの無茶で良いのか？」

挑戦的に微笑するスミレさん。あぁ、そんな顔も素敵です……。

「修練のダンジョンのモンスターハウスのオーガは、約2鐘の時間で復活します。そのモンスターハウスのオーガを一日24鐘で12回全滅させることを目指します。日中はモンスターハウスのオーガが復活するまでは地下3階でオーガを倒していきます。夜は仮眠を取りながらモンスターハウスのオーガの復活を待ちます。仮眠は現在工事してくれている詰所併設の仮眠室か、ダンジョンの階段内でと考えています。数日に一度は家に帰って入浴と着替えをする時間を取る予定です」

「長期の合宿だな。ドラゴンスレイヤーの称号はそれくらいしないと得られないものだろう。いくらでもやってやるよ」

「では早速行きますか。せっかくですからオーガの魔石で一財産作りましょうか。あとはやりながらペースを摑《つか》んでいきましょう」

俺とスミレさんは修練のダンジョンに入場した。

オーガのモンスターハウスでは平均して20体のオーガが出現する。またモンスターハウスのオーガが復活するまで地下3階内でオーガをサーチ＆デストロイすると2鐘で20体程倒せる。単純計算で一日24鐘で４８０体倒せることになる。モンスターハウスのオーガだけは全滅させながら仮眠を6鐘取ると計算すると４２０体。魔石の運搬《うんぱん》のロスを考えると４００体くらいになるかな。まずはやってみてからだな。

朝の8の鐘の時間に修練のダンジョンに入ってオーガのモンスターハウスに直行した。ヤル気に溢《あふ》れているスミレさんが全ての魔物を屠《ほふ》っている。俺はスミレさんの揺れる胸を見て、違

うヤル気が滾《たぎ》っている。

最初のモンスターハウスはスミレさんが全滅をさせた。俺のリュックサックに全ての魔石を入れる。その後は俺の魔力ソナーでオーガを探した。

スミレさんはオーガの攻撃を軽やかなステップで躱《かわ》し斬り伏せる。

爛々《らんらん》と輝く目をしたスミレさん。

りんりんと鳴る【雪花】。

ギンギンの下半身の俺。

ヤバいな魔石を詰所に預けに行く時にトイレで自己処理しないとダメだ。胸部装備を外したスミレさんの戦闘は破壊力抜群《ばつぐん》。煽情《せんじょう》的過ぎるわ。

ちょうどモンスターハウスのオーガが復活する時間に俺のリュックサックが魔石でいっぱいになった。10鐘にもう一度モンスターハウスのオーガを全滅させて、魔石はスミレさんのリュックに詰める。そして、一度ダンジョン外の詰所に魔石を預けに行く。ついでに俺は先程までの映像をオカズに詰所のトイレで自家発電だ。

モンスターハウスのオーガが復活するまでの2鐘の時間は魔力ソナーでオーガを探す。ダンジョン内のオーガの居場所が全てわかる。一番効率の良い進み方を考えて進む。スミレさんが

【雪花】を振れば、まさに鎧袖一触《がいしゅういっしょく》。オーガが輪切りになっていく。

俺はスミレさんのお尻を見ながら走り、次に向かう場所を指示する。揺れる胸を凝視し、オーガが魔石になるのを待つ。魔石を拾って、また次のオーガのいる場所を指示する。まさしく大車輪の活躍だ。

お昼の12鐘になる頃にモンスターハウスのオーガの復活があり、スミレさんが倒す。ここでまた俺のリュックサックがいっぱいになる。

選手交代。ここから俺がオーガを倒していく。魔石拾いはスミレさんが担当だ。俺はリュックサックがいっぱいでも戦闘には支障がないからね。最近はアイシクルアローをオーガの眼球に当てると、威力が強くてオーガの頭が吹き飛ぶ。軽いスプラッターだ。まぁ楽勝なのは変わらない。

午後の2鐘にモンスターハウスでオーガの大群を全滅させてスミレさんのリュックサックもいっぱいになる。ダンジョン外の詰所に魔石を預け、魔導団本部から届いたお弁当を食べた。食事は全て魔導団が用意してくれることになっている。ドラゴン討伐のバックアップだ。俺もスミレさんも魔導団所属の軍人のため、食事時間は短い。正味4分の1鐘くらいか。すぐにダンジョンに戻る。

4鐘の時間でワンクール。夜の10鐘にいっぱいになったリュックサックを持って詰所に戻ってきた。まずは食事をして、そのまま夜中の0鐘まで仮眠を取る。

0鐘になった。ダンジョンに入り、モンスターハウスに直行する。全滅させたら地下2階と地下3階を繋《つな》ぐ階段に行きモンスターハウスのオーガが復活するまで仮眠を取る。それを朝の6鐘まで続けるとリュックサックがいっぱいになる。詰所に戻り魔石を預けて朝ご飯。そしてまたダンジョンに戻る。

◆◇◆◇◆◇◆◇◆◇

魔導団第一隊修練部27~30日目。

ただ我武者羅《がむしゃら》にオーガを討伐しまくった。一日平均400体を倒すことに成功している。今週5日間で2000体のオーガ討伐だ。魔石の換金額だけで2千万バルト。一人1千万バルトにもなった。

そしてダンジョンでの戦闘の余韻《よいん》を残しながら伯爵陞爵の日を迎えた。

◆◇◆◇◆◇◆◇◆◇

ドラゴン討伐指令1日目。

朝方、修練のダンジョンから出てくる。朝日が眩《まぶ》しい。今日は陸爵の日だ。一度宿舎に戻って身支度《みじたく》をしないとな。身体は拭《ふ》いていたがダンジョンに入っている間、風呂に入っていない。流石にこのまま陸爵の場には行けないな。

スミレさんと別れ宿舎に帰った。エクス城には10鐘までに行けば大丈夫だ。ゆっくり風呂に入ろう。自室にあるお湯が出る魔道具で湯を張りお風呂に浸《つ》かる。

「あぁ～！」

強張《こわば》った身体がほぐれていく。やはりお風呂は最高だ。

それにしてもスミレさんは綺麗だったなぁ。しなやかに動く身体は芸術品と言っても過言じゃない。

連日のオーガ討伐は体力的に問題ないが気力が保《も》つかどうかだな。週一で風呂に入りに帰ろうか。

朝ご飯を食べるために宿舎の食堂に移動する。前は空気扱いの俺だったが、最近は遠巻きに皆から注目されている。近寄ってくる人はいないけどね。

部屋に戻りスミレさんにいただいた式典用の礼服に袖《そで》を通す。紺《こん》色のスーツで明るめの青のラインが入っている。スリムなシルエットがスマートな印象を与える。式典用のアクセサリーをつけて姿見《すがたみ》で確認する。

これが俺か…。

近接戦闘の訓練で引き締まった身体。ボサボサだった髪型が綺麗になっている。顔も一回り小さくなった感じだ。

これは結構……。

俺ってもしかしてイケメン!?

いやこれは地雷だ。勘違《かんちが》いはいけないいな。

9鐘にはエクス城から迎えの馬車が来た。早めに用意しておいて良かったな。すぐに馬車に乗り込んでエクス城に向かう。

今日は晴天だな。この空のように俺の未来もどこまでも透き通っていれば良いな。

エクス城に入り俺が通された部屋は謁見室《えつけん》の前室みたいだ。メイドさんがお茶を淹《い》れてくれる。時間まで待機だろう。

子供時代には怯《おび》えて過ごしてきた俺が伯爵かぁ。全く実感が湧《わ》かないな。過去は過去、未来は未来、そして今が大事。まずはドラゴン討伐だな。

時間が来たようで文官の人が案内に来た。謁見室への通路が長く感じる。荘厳《そうごん》な雰囲気《ふんいき》で身が引き締まった。謁見室の扉番が大きな声を上げる。

「ジョージ・モンゴリ魔導爵の入室です」

謁見室の扉が開く。正面20メトル先、３段ほど高い玉座《ぎょくざ》にエクス帝国皇帝陛下《へいか》のザラス・エクスが座っている。ザラス陛下の両脇にはカイト殿下とベルク宰相《さいしょう》が控《ひか》えていた。玉座までは赤いカーペットが敷かれており、両脇には20名ほどの貴族が参列している。なかなか緊張感が高じる状況だ。

俺は玉座まで真《ま》っ直《す》ぐ歩き玉座から3メトルほどの場所で片膝をつき頭《こうべ》を下げる。

「ジョージ・モンゴリ、面《おもて》を上げよ。今日という日を楽しみに待っておったぞ。ジョージの凛々《りり》しい姿に心が躍《おど》るわ」

「ありがたき御言葉恐縮《きょうしゅく》いたします」

ザラス陛下は周囲を見渡し大きな声を上げた。

「ここにいるジョージ・モンゴリは類《たぐ》い稀《まれ》なる才を持つ傑士《けっし》である。個人での戦力は元より、騎士団と魔導団の戦力の底上げもできる人材だ。そこで伯爵に陞爵することとしたが、ジョージはエクス帝国ではなく、このザラスに忠誠を誓《ちか》うと申しておる。これに異論がある者がいれば発言せよ！」

謁見室は数秒鎮《しず》まりかえった。

「特に反対する者はいないようだな。それではジョージ・モンゴリ魔導爵には由緒《ゆいしょ》あるグラコート家の再興を任せよう。今後はジョージ・グラコート伯爵としてこのザラスを支えてくれ」

ザラス陛下が言葉を終えると、隣にいたベルク宰相より拳《こぶし》ほどの豪華《ごうか》な巾着袋《きんちゃくぶくろ》を渡された。

「こちらがグラコート家の印章《いんしょう》となる。身分を証明するのにも使えるため大切にするように」

ベルク宰相の言葉に恐縮しながら巾着袋を受け取った。ベルク宰相は玉座を振り返り、言葉を発する。

「陛下、これにてジョージ・モンゴリ改めジョージ・グラコートの陞爵を終えました。続きましては次の議題をお願い致します」

「ジョージ・グラコート伯爵よ。このザラスに忠誠を誓ってくれて嬉しく思う。さて早速だが伯爵の武威《ぶい》を示してほしいことがある。ちょうど1カ月後の7月1日にロード王国の使者と会合する運びだ。現在、我がエクス帝国とロード王国の国境地帯では緊張が増しておる。この問題を話し合う会合だ。この会合を優位に進めるためにも【エクス帝国にはドラゴンスレイヤーのジョージ・グラコート伯爵あり】とロード王国に畏怖《いふ》を与えたい。来月行われる会合に間に合うように試練のダンジョンの地下4階でドラゴンを討伐し、ドラゴンの魔石を献上《けんじょう》してほしい。大変かと思うがよろしく頼むぞ」

「陛下、その願い、我が身は微力ながら全力で取り組ませていただきます。必ずやロード王国との会合までにドラゴンの魔石をお見せ致します」

そう大見得《おおみえ》を切って俺の陞爵の儀は終了した。

謁見室を後にし、ベルク宰相よりグラコート伯爵家についての説明が別室にて行われた。グラコート家は今より100年ほど前の皇帝陛下に忠誠を誓っていた家で一代で伯爵家にまでなった。忠誠を誓った皇帝陛下が崩御《ほうぎょ》した時に爵位を返上した家であると。是非《ぜひ》今後はエクス帝国を支えてくれるようにと頼まれる。まぁ伯爵になったのだからできることはしたいよね。

伯爵になると国から俸禄《ほうろく》として年間1億バルトが支給される。現在、領地はなし。欲しければ他の国に侵攻して奪い取っても良いと言われた。そこまでして領地なんか欲しくないよね。ただでさえ領地運営は大変だし、しかも他国の土地だなんて、どんな罰ゲームだって話。

あとは陞爵のお祝いで帝都に屋敷が一つもらえるそうだ。細かい話はドラゴン討伐終了後にお願いすることにした。死んじゃうかもしれないしね。

ドラゴンを討伐するまでの時間はあまりない。他の貴族が俺と話したがっていたようだが、辞退させてもらった。早速宿舎に帰り着替えてから修練のダンジョンに向かう。

修練のダンジョンの入り口には既にスミレさんが待っていた。服装が赤系統に変わっている。俺がスミレさんにドラゴンの目を引くような目立つ服装に替えてほしいと頼んだからだな。

「伯爵への陞爵おめでとう。これでドラゴン討伐に邁進《まいしん》できるな」

「正式に陛下よりドラゴン討伐指令が下りたよ。期限は来月の7月1日、ロード王国との会合に間に合うように。確実に成功させるためにもギリギリまでレベルアップをしていこう」

「ドラゴン相手ならやり過ぎるということはないな。望むところだ」

ニヤリとするスミレさん。俺も同じくニヤリとした。

またオーガ討伐の日々に入る。

◆◇◆◇◆◇◆◇◆◇

ドラゴン討伐指令2日目。


日が替わり現在は修練のダンジョンの地下2階と地下3階を繋ぐ階段で仮眠の時間だ。俺は仮眠の時はいつも魔力ソナーでスミレさんの静謐で清らかな魔力を感じながら寝るようにしている。スミレさんの魔力は心地よくて穏《おだ》やかな気持ちになれるんだよね。俺の安眠魔力だ。

俺が寝に入る前にスミレさんがポツリと口にする。

「こうやってダンジョンの階段でジョージ君と夜を過ごすと、ダンジョン調査の初期に同じことをしたのを思い出すなぁ」

「まだ2カ月前のことですけどね。いろんなことがありました」

「あの時と同じ質問をして良いかな。ジョージ君は何かやりたいことはないのかい？　将来はどうなりたいんだ？」

やりたいことか。俺たぶん不老だしな。長く楽しめるものが良いな。

「前にも言いましたがダンジョン探索するのが楽しそうですね。あとは魔法の研究とか面白《おもしろ》いかもしれないな。俺には時間がたっぷりあると思うから」

「不老の可能性か。実際どうなんだろうな。それで魔法の研究か。それは楽しそうだな。君の才能ならいろいろな実験ができるだろう。案外、天職かもしれないな」

そこで沈黙が辺《あた》りを包んだ。何か決心した感じでスミレさんの唇《くちびる》が動いた。

「あ～、それに前に言っていた、将来は愛する人と温かい家庭を作りたいって話はどうなったんだ？」

「その話を今しますか」

「ジョージ君が伯爵になったからだよ。身分違いで結婚できない女性がいなくなったんだからな」

「そうなんですけどね」

「それなら頑張ってみれば良いじゃないか。今のジョージ君は若き伯爵で無双《むそう》の強さを誇る。外見だって鍛錬《たんれん》のおかげで引き締まり、良い男になっているぞ」

ダンジョンの淡い光に照らされて、スミレさんが魅惑《みわく》的に見える。柔らかそうな唇、瞳《ひとみ》は煌《きら》めき吸い込まれそうだ。

俺はもう一歩が踏み出せない。情けない。

数秒俯いた後に意を決して顔を上げた。

「スミレさん！　ドラゴン討伐後に伝えたいことがあります！　俺との時間を取ってくださ い！」

キョトンとした表情のスミレさん。少し経《た》って顔が赤く染まる。流石に話の流れからわかるだろう。

「え、あ、何を……」

「お願いします！　ドラゴン討伐成功の後ですから。きっと俺はドラゴン討伐ができたら何も怖くなくなります」

「……。うん、わかった」

その後は気恥《きは》ずかしさから俺は朝までスミレさんの顔をよく見られなかった。

◆◇◆◇◆◇◆◇◆◇

ドラゴン討伐指令3日目。

日が替わったところで昨晩と同じようにスミレさんが話しかけてきた。

「またジョージ君の魔法の威力が上がっていないか？」

「スミレさんの斬撃《ざんげき》の威力も上がっていますよ。レベルアップの影響ですね」

「それにしてもジョージ君の魔法は凄いな。私でも避《よ》け切れる気がしないよ」

「それは俺も同じですよ。俺もスミレさんの斬撃を躱せるとは思えないです」

「戦ったら近距離なら私。中距離から遠距離ならジョージ君に軍配が上がりそうだな」

「たった二人ですけど俺とスミレさんは最高にバランスの取れたパーティだと思いますよ」

「最高のパーティか、フフフ……。それは嬉しいな」

スミレさんは俺とお揃いのブレスレットを触る。俺もそれを見て自分のブレスレットを触る。

この時、二人の想いは確かに重なっていたと思う。

◆◇◆◇◆◇◆◇◆◇

ドラゴン討伐指令4日目。


今日も日が替わった夜中の0鐘からスミレさんとの会話が始まった。何か恒例《こうれい》になってきている。

「ドラゴン討伐が成功すればロード王国との戦争は回避されますかね？」

「どうだろうな。普通に考えればドラゴンを倒せるような奴《やつ》がいる軍と戦うという選択は取りにくいと思うけどな。ロード王国から攻めてくる可能性はぐんと下がるはずだ」

「と言うと？」

「こちらからロード王国に攻め入る可能性が高まるかもしれない。侵略戦争推進《すいしん》派が勢いを増すからな」

「俺やスミレさんが侵略戦争推進派に与《くみ》しなければ大丈夫じゃないですか？」

「侵略戦争するにあたって、私たち二人はただの抑止力で良いんだ。存在だけで充分戦力になるからな。それに私たちが侵略戦争に出なければ戦功を挙げたい貴族は喜ぶだろうよ」

難しいなぁ。大きな流れができると誰にも止められないのか。世の中の無常を感じながら寝に入った。

◆◇◆◇◆◇◆◇◆◇

ドラゴン討伐指令5日目。

恒例になったスミレさんとの会話が今日も始まった。

「ジョージ君の夢は何で温かい家庭を作りたいということなんだ？　温かい家庭を作りたいのは普通のことで、夢とは違うような気がしてな」

「まぁ自分の家がそれほど良い家庭ではなかったからですかね。憧《あこが》れがあるんです。親父《おやじ》は建築の職人でした。平民としてはそれなりに裕福な家庭だったと思います。でも家庭人としては最低の父親でした。毎日酒を飲んで帰って来て、家族に暴力を振るうんです」

真剣に話を聞いてくれるスミレさん。こりゃ話を止めるわけにはいかないか。

「俺は親父が怖かったです。いつも怯えていた。どこに親父がいるのか。いつ帰ってくるのか。帰ってくる時間には逃げるように自分の部屋に引っ込んでいました。実はそれが俺の魔力ソナーの原点なんです。魔力ソナーで親父の魔力を察知《さっち》して逃げていました。魔力ソナーの有効範囲が少しずつ広がっていきました」

悲しそうな顔になるスミレさん。

「母親はいつも親父が帰宅する数分前にすっと自室に消える俺に薄気味悪さを感じていたようです。母親からはそんな目で見られていましたね。母親が親父に耐えられなくなって、家から出て行った時には俺は置いていかれました。まぁ母親と俺の相性も良くなかったんでしょうね。つまり俺は母親に捨てられたんです。親父はその後酒の飲み過ぎが祟《たた》って早死にしました。親父はそこそこお金は残していたのでエクス帝国高等学校は卒業できました。何とか魔導団に入団できて今に至《いた》ります。だから俺は温かい家庭に憧れているんです。夢なんです」

スミレさんの瞳から涙が溢れた。俺の頭を胸に押しつけるようにして抱きしめる。

「嫌なことを思い出させてしまったな。君は必ず温かい家庭を作れる。君はこれから、皆から愛情を受ける必要がある」

スミレさんの胸に抱きしめられながら、俺は欲情を感じず安らぎを感じていた。

◆◇◆◇◆◇◆◇◆◇

ドラゴン討伐指令６日目。


今日は【無の日】で休日だ。朝までダンジョンで過ごした後、風呂に入りに一度帰宅する予定だ。また昼からダンジョンに潜るけどね。

今日のスミレさんのとの会話はスミレさんの家のことだった。

「昨日はジョージ君の家庭の話だったから今日はウチの話をしようか」

ノースコート侯爵家か。お貴族様の家って、どんな感じなのかな？

「我がノースコート侯爵家はエクス帝国の西側に領地を持っている。領地では鉱山の採掘が盛んだ。また西の交通の要衝《ようしょう》になっているため商業も盛んで潤《うるお》っている。周囲の貴族の寄親《よりおや》にもなっているな」

ふ〜ん。お金には困ってなさそうだし、権勢もありそうだ。何でスミレさんの父親は侵略戦争推進派なんだろう？　戦争しなくても良いじゃないか。

「鉱山の採掘は重労働でな。侵略戦争をしてロード王国の国民を奴隷《どれい》にしたいんだ。今でも充分な産出量があるのにもっと儲《もう》けたいんだよ」

なるほど他国民を奴隷にするのか。侵略戦争ならそうなるか。

「まぁ父親についてはそんなもんだな。母親は大人しい女性で父親の言いなりだ。あのようになりたいとは思わない」

スミレさんはあまりご両親に良い感情を持っていないのかな？

「兄はエクス城で文官をしている。まぁ侯爵家を継ぐまでだろうな。父親ほど野心家ではないが、消極的な侵略戦争賛成派だ」

スミレさんのお兄さんか。なんか想像では理知的な人のような気がする。

「妹はまぁ末っ子だから我儘《わがまま》に育っているな。あれでは未来の旦那《だんな》が苦労しそうだな。今はエクス帝国高等学校に在学している」

スミレさんの妹さんか。やっぱり美人なのかな？　魔力の質はどうなんだろう？

「私はノースコート侯爵家の政略結婚に使われそうだから騎士団に入って反発しているんだ。今は魔導団だけどな。まぁ同じ軍人だから変わらない」

スミレさんは自分の家のノースコート侯爵家に良い感情を持ってないのか。そういえばスミレさんは民を守りたいって言っていたな。皆に幸せになってほしいって。民を守る力が欲しいと。

民を守りたい人がわざわざ戦争するのはおかしな話だもんな。そりゃ侵略戦争推進派の考えとは相容《あいい》れない。

朝の6鐘にモンスターハウスのオーガを殲滅してからダンジョンを出た。朝日が眩しい。

スミレさんと別れて宿舎に帰って風呂を沸かして入る。体毛は濃い方でなくとも5日間も経つと少しは髭《ひげ》が生える。剃刀《かみそり》で綺麗に剃《そ》った。これでスッキリした。着替えをし、またダンジョンに戻る。

8鐘に修練のダンジョンに着くと既にスミレさんが待っている。ヤル気に溢れているなぁ。これは負けていられないな。スミレさんとお揃いのブレスレットを触り、気合いを入れ直し、俺とスミレさんは再びダンジョンに入る。

◆◇◆◇◆◇◆◇◆◇

ドラゴン討伐指令7〜23日目。

この間は可能な限りのオーガ討伐をおこなった。限界ギリギリのレベルアップができたと思う。これでドラゴン討伐に失敗するのなら、それは時間が足りなかっただけだろう。

スミレさんとは毎日、会話した。

好きなもの、嫌いなもの、楽しかった思い出、悲しかった思い出、考え方や生き方、スミレさんのいろんな一面を知ることができた。

スミレさんを知れば知るほど好きになっていく自分がいる。スミレさんへの想いは、もう抑えることができないまでに大きく成長してしまった。

ドラゴン討伐に成功したら告白しよう。

砕《くだ》け散ってしまっても良いじゃないか。それも人生だ。

◆◇◆◇◆◇◆◇◆◇

ドラゴン討伐指令24日目。

明日、修練のダンジョンの地下4階に行きドラゴン討伐をすることに決めた。もし失敗しても数日後にもう一度挑戦する算段である。今日一日、ゆっくり静養して鋭気を養う予定だ。ドラゴン討伐の前にスミレさんとデートしたかったが、それは終わってからにすることにした。

告白もせずに死ねるか！

魔力循環と魔力ソナーの併用は既に息をするようにできている。魔力ソナーの有効範囲はもうわけがわからないくらい伸びている。

ギルドカードに示されるレベルは冒険者ギルドの魔道具を通さないと更新されない。最後にギルドカードの更新をしたのは伯爵陛爵の日だ。あれからどれだけレベルが上がっただろうか？　今のギルドカードにはレベル65の文字。これもドラゴン討伐後の楽しみだな。

念のため、部屋を綺麗に片付ける。もし何かがあったら汚い部屋のままだと迷惑がかかるからな。その後はゆっくり部屋で過ごして明日に備えた。

幕間　雫のように消える想い（スミレ視点）

準備は万全だ。この一カ月弱の間、できることは全《すべ》てやってきた。本当に充実した日々を過ごした。明日には修練のダンジョンの地下4階でドラゴンと相対《あいたい》していることだろう。想像すると身体《からだ》が震えてくる。これは恐怖ではない。武者震いだろう。

心は熱く、頭は冷静に。

今晩は入浴して早く寝よう。そう思い浴室に向かった。身体を洗い浴槽《よくそう》に浸《つ》かると私はジョージ君と初めて会った日のことを思い出していた。

最初にジョージ君を見たのは修練のダンジョンがまだ東の新ダンジョンと言われていた時だ。中肉中背《ちゅうにくちゅうぜい》の若い男性。前髪で目が少し隠れている。視線がどこを向いているのかわかりにくかった。特に何の印象も受けない男性だった。

前日にゾロン騎士団長から東の新ダンジョンの調査の命令を受けた。なぜかサイファ魔導団長も同席している。その席でサイファ魔導団長から才能がある隊員を育成してほしいと頼まれた。それがエクス帝国第三隊隊員のジョージ君だった。なんとジョージ君は魔力ソナーの有効距離が300メトルもあるとのことだった。

私は魔力操作に優《すぐ》れているジョージ君に魔法の速度とコントロールを生かすためにファイアローでコボルトの目を狙《ねら》ったほうが良いと助言しただけだった。それだけでジョージ君はまるで蛹《さなぎ》が蝶《ちょう》になるように凄《すご》い勢いで成長した。騎士団との訓練で体つきは引き締まり、髪型もさっぱりして男前になっている。そして現在、ドラゴン討伐《とうばつ》まであと一息のところにいる。

現在ジョージ君は桁違《けたちが》いの力を持っている。しかし性格は出会った時と全く変わらないままの純朴《じゅんぼく》な青年だ。このままでは上流貴族によって酷《ひど》い目に遭《あ》う可能性が高い。誰かが守ってあげないと。

しかし今は直接的な脅威《きょうい》であるドラゴンからジョージ君を守らないとな。

そういえば、初めは気がつかなかったが、散髪をしてジョージ君の目が確認できるようになってから私の胸やお尻《しり》に彼の視線を感じるようになった。気がついた時は少し恥《は》ずかしかったが、ジョージ君は若い男性だからしょうがないと思っている。最近ではそのジョージ君の行動も可愛《かわい》く感じている自分がいる。

それにしてもドラゴンの討伐が成功したら、どうなるのだろう。

ジョージ君は間違いなく英雄となるだろう。ドラゴン討伐者《スレイヤー》となったジョージ君をエクス帝国がほっておくわけがない。間違いなく今以上に取り込まれる。ジョージ君の将来の夢は温かい家庭を作ることだ。周囲がこの夢を許すだろうか？

私の自惚《うぬぼ》れでなければ、ジョージ君が言っていた身分違いの相手とは私のことだろう。ジョージ君との毎日のダンジョンでの会話で、私への愛情を感じる時があった。

ジョージ君からドラゴン討伐に成功したら伝えたいことがあると言われている。たぶんジョージ君は私に告白するのだろう。私はその時どんな返事をするのだろうか?

私はジョージ君をどう思っているのだろう? 1歳年下の男性。英雄の素質のある魔導師。出世欲は全く感じられない。将来の夢が温かい家庭を作ること。初めに聞いた時はなんて小さい夢と思ったが、その後ジョージ君の生《お》い立ちを聞いた今では、その夢もいじらしく感じてしまう。できることならばその夢を私が手助けしてあげたくなっている。

平凡な男性が日に日に魅力的な男性に成長するのを間近《まぢか》で見ていた。それはとても貴重な経験だった。たぶん私はジョージ君に魅《ひ》かれている。

しかし、既《すで》に私は恋愛や結婚は諦《あきら》めている。侯爵家に生まれた私の結婚はどうせ政略結婚になってしまう。侵略戦争推進《すいしん》派のノースコート侯爵家のためになど結婚したくはない。選ばれる相手も侵略戦争推進派だろうから。このまま私はエクス帝国の一軍人として生涯《しょうがい》を終えるつもりだ。

でも相手がジョージ君だったらどうだろう? 彼が侵略戦争を嬉々《きき》としておこなうとは考えられない。でも私と結婚すれば侵略戦争推進派に取り込まれてしまうのではないか。それはジョージ君のためにならなそうだ。

やはり私は結婚を諦めるべきなのだろうな。

そう結論づけて湯船から上がる。胸に痛みが走った。私の肌《はだ》をジョージ君への想いを捨てるかのように雫《しずく》が流れていった。

第5章　決戦!!

ドラゴン討伐《とうばつ》指令25日目。

起床すると快晴だった。それだけでドラゴン討伐がうまくいきそうな感じがする。単純だよね。

用意をして修練のダンジョンに向かう。修練のダンジョンの入り口にはいつも通りスミレさんが待っていた。スミレさんは赤色のシャツに赤色のホットパンツ、膝丈《ひざたけ》の革《かわ》のブーツも赤である。これで本当にドラゴンの注意を引ければ良いんだけどな。腰には【雪花《せっか》】を差している。

俺は魔導団の戦闘服。ゆったりとした黒色のローブだ。俺もスミレさんもパーティを組んで1カ月記念で購入したお揃《そろ》いのブレスレットをしている。

スミレさんと目が合った。無言で頷《うなず》き合い、修練のダンジョンに入った。

今日、ドラゴンに挑戦するのはサイファ団長にも内緒《ないしょ》だ。誰にも言っていない。地下1～3階まではスミレさんが魔物を倒していく。

さぁ！　いよいよ地下4階だ。

前に一度来た時と同じように俺が先に階段を降りる。長い階段がいやが上にも緊張感を高まらせる。4～5階分に相当する長さの階段を降り、地下4階に降り立った。

以前にも見た光景だ。全く変わっていない。地下4階は洞窟《どうくつ》になっていて、30メトル先に光が差し込んでいる。

早速《さっそく》、魔力循環《じゅんかん》をしながら魔力ソナーを広げる。魔力循環で身体能力向上させておくことは逃走する上でも必須《ひっす》だ。ドラゴン討伐が終わるまでは魔力循環は欠かせない。俺の魔力ソナーに特大の魔力を感じた。以前感じたのと同じ質なので、これがドラゴンの魔力だろう。距離にして3キロルはありそうだ。

この前ドラゴンの魔力反応を感じた時は膝がガクガク震えたが、今回はそうならない。討伐への自信からなのか？　まぁどうでも良いか。討伐することは既《すで》に決まっていることだ。

洞窟を出るとやはり地下なのに日が昇っているし、草原が広がっている。ダンジョンの果てが見えない。ドラゴンはまだ動いていない。

まずは俺の陣地を作る。

【堅固《けんご》なる岩石、全《すべ》ての災《わざわ》いを撥《は》ね返す壁となれ、ロックウォール！】

前方に魔法の発射孔《こう》があり、背後に逃走用の出口があるドーム状の岩ができた。以前試した時よりもレベルが上がったせいか耐久力が段違いだ。俺はドームの中に入り待機する。スミレさんにドラゴンがいる方向を教える。

このドラゴン討伐の作戦の序盤はスミレさんが危険になる。スミレさんの役割は俺のアイシクルアローの有効範囲までドラゴンを誘導することだ。そのため装備を赤色にした。アイシクルアローの制御《せいぎょ》距離は1キロルほど。精密さを求めるなら500メトルまで近づいた時に放ちたい。

スミレさんは真《ま》っ直《す》ぐドラゴンに向かっていく。全く躊躇《ちゅうちょ》がない。魔力ソナーでドラゴンとスミレさんの魔力反応を感じる。

スミレさんは、もう間もなくドラゴンと遭遇《そうぐう》する。

【ドゴーン！】

地面に響く音。

たぶんドラゴンの火の玉だ。スミレさんの魔力反応に変わりはない。しっかりと対処ができているのだろう。二つの魔力反応がこちらに近づいてくるのがわかる。スミレさんが右に左に回避しているのがわかる。

【ドゴーン！】

また地面に響く音。

先程の火の玉の音から今の火の玉の音まで時間の間隔《かんかく》が結構ある。連射ができないのか？

ドンドン近づいてくる二つの魔力反応。1キロルほどになった。ドラゴンが目視可能になった。遠くからでもドラゴンは大きく見えた。ドラゴンは空を飛んでいる。たまにスミレさんを牙《きば》や爪《つめ》で攻撃するために地面に近づく。スミレさんは華麗に躱《かわ》している。

作戦を決めるときにロックウォールで壁を作って援護するかと提案したが、逆に邪魔になると断られた。ドラゴンとの距離800メトル、700メトル、近づいてくる。心臓がバクバクだ。

はっきりとドラゴンの姿が見えるようになってきた。全長は10メトルを超えている。丸太のような巨大な尻尾《しっぽ》を持ち、全身が丈夫《じょうぶ》そうな鱗《うろこ》に覆《おお》われている。頭には2本の角《つの》が生《は》えている。

残り600メトル、550メトル、まだ我慢《がまん》だ。

500メトル！　今だ！

【静謐《せいひつ》なる氷、悠久《ゆうきゅう》の身を矢にして貫《つらぬ》け、アイシクルアロー！】

一瞬ドラゴンがこちらを見た。岩のドームの発射孔から20本の氷の矢が真っ直ぐドラゴンの顔目がけて発射された。

なんとドラゴンはギリギリ氷の矢を避《よ》けた。

俺は動揺した。こんなことは初めてだ。

どうする⁉

ドラゴンがこちらに火の玉を吐いた。俺は魔法の発射孔から離れる。

【ドゴーン!】

岩のドームに当たる火の玉。衝撃が中にも伝わる。岩のドームは火の玉の攻撃には耐えたようだ。

まだ頭がパニックだ! どうすれば良い?

その時、リンリンリンと静かだが確かなる音が聞こえた。

【ゴァー!】

ドラゴンの咆哮《ほうこう》の声だ。スミレさんが【雪花】でドラゴンを攻撃したのか。しかしドラゴンは空を飛べる。スミレさんがドラゴンを倒すには厳しい。

魔力ソナーからスミレさんの静謐で清らかな魔力を感じた。気持ちが落ち着いていく。俺は腹を決めた。

岩のドームの背後の出口から草原に出た。

ドラゴンは300メトル先にいた。圧倒的な迫力がある。

ドラゴンは片腕がなくなっている。スミレさんにやられたようだ。ドラゴンはスミレさんを警戒《けいかい》している。

俺は全力で呪文《じゅもん》を詠唱《えいしょう》した。

【静謐なる氷、悠久の身を矢にして貫け、アイシクルアロー!】

また一瞬こちらを見たドラゴン。200本を超える氷の矢が凄《すご》い速さでドラゴンに向けて発射された。回避しようとしたドラゴンだが流石《さすが》に無理だったようだ。

ドラゴンの全身を氷の矢が貫いていく。空中から落ちるドラゴン。終わったか。いや残心が大事だ。

少し経《た》つとドラゴンは特大の大きさの魔石を残して消えた。直径150セチルはありそうだ。

「よし!　やった——!!」

感情が爆発してスミレさんと抱き合って喜んだ。

落ち着いたら二人とも顔が赤くなった。

魔石を抱えてすぐに地下4階を脱出しなければ。

ドラゴンとの戦闘の反省は後回しだ。

地下3階への階段に着くと気が抜けた。今回はスミレさんに助けてもらったな。俺はまだまだだ。

最初のアイシクルアローが避けられてパニックになっちゃったからな。岩のドームの発射孔の大きさではアイシクルアローは20本の矢しか放つことができなかった。たぶんドラゴンは魔力ソナーが使えるんだろう。有効範囲が500～600メトルなんだと思う。だから俺の初撃のアイシクルアローを避けることができたんだろうな。

俺はオープンスペースなら200本を超える氷の矢のアイシクルアローを放てる。

最善策を取ったつもりが、逆に危険をもたらしてしまった。

スミレさんの一撃で勇気をもらった。自分の身体《からだ》をドラゴンの前に晒《さら》す覚悟ができた。スミレさんがパートナーで本当に良かったよ。

魔石の運搬《うんぱん》は俺が担当した。150セチルの魔石なんて抱えるだけで大変だ。まぁ魔物はスミレさんが瞬殺するから安全だけどね。

修練のダンジョンを出ると詰所《つめしょ》にいた騎士が魔石を見て吃驚《びっくり》していた。騎士に馬車を一台手配してもらう。

ドラゴンの魔石を持ってスミレさんと馬車でエクス城に向かう。

エクス城の門前でも驚かれる。名前を告げ、ドラゴン討伐指令の達成報告のために来たと伝えると、そう待たされもせずに謁見室《えつけん》に通された。

玉座《ぎょくざ》にはザラス・エクス陛下《へいか》が座っている。カイト殿下《でんか》とベルク宰相《さいしょう》もいる。その他にも時間が取れたらしい貴族が10名ほどいた。

俺とスミレさんがドラゴンの魔石を持って入ると響《どよ》めきが起こった。

玉座に向かって歩いていくと、待ち切れないのかザラス陛下が玉座から立ち上がりこちらに近づいてくる。

「これがドラゴンの魔石か！　よくぞやった！　素晴らしい！　お主たちはエクス帝国の宝だ！」

「有難きお言葉です。こちらが修練のダンジョンの地下4階のドラゴンから得ることができた魔石です。帝室《ていしつ》に献上《けんじょう》させていただきます」

「これでエクス帝国の武威《ぶい》を各国に示すことができるな。褒美《ほうび》は後《のち》ほど考える。疲れたであろう。まずは休め」

「このような大役を任されたために、ずっと緊張しておりました。陛下の優しさに甘えさせていただき、少しばかり休ませてもらいます」

「それが良い。落ち着いたら、また城に来い。この度《たび》は大儀《たいぎ》であった」

俺とスミレさんは頭を下げて謁見室を出た。

まずはこれまで冒険者ギルドに預けっぱなしにしていたオーガの魔石の納品にでも行きますか。果たしてレベルはどうなっているかな？

6月1日から6月24日までに倒したオーガは9500体を超えていた。いやぁ、倒しまくったな。

まずはオーガの魔石を納品して稼《かせ》いだお金をギルドカードにチャージした。さてレベルはいくつになっているかな？

【レベルーーー】

縦《たて》棒が3本⁉　なんだこれ？

「すいません。ギルドカードのレベルの表示がおかしいのですが？」

受付のお姉さんに聞いてみた。

「あれ？　本当に表示が変ですね。すいません。調べてみます」

隣にいるスミレさんは問題ないのかな？

「スミレさんは問題なかったですか？」

「いや私のレベル表示もおかしいな、君と一緒だ」

　初めてスミレさんのギルドカードを見せてもらった。俺と同じで【レベルーーー】になっている。

「すいません。俺のパーティメンバーのレベル表示もおかしいです」

「そちらの方もですか、一緒に調べてみます。お待ちください」

「ギルドの食堂で昼ご飯を食べていますね。よろしくお願いします」

　俺とスミレさんは待っている間、ゆっくりと食事を楽しんだ。最近はずっと時間に追われている感じだったからな。落ち着いて食事ができるって最高!!　お酒も飲みたかったが、この後にサイファ団長に報告しに行くからな。それに今日の夜はスミレさんと二人でドラゴン討伐の打ち上げだ！

　昼ご飯を食べ終わって受付に行ってみるとギルド長室に呼ばれた。ギルド長室には以前魔導団本部で会った大柄な男性と細身の女性がいた。ギルド長のライオスさんと統括《とうかつ》事務のキャサリンさんだったかな?

「わざわざ来てもらってすまないな。レベル表示がおかしいギルドカードを見せてもらえるかな?」

　ライオスにそう言われ、俺とスミレさんはギルドカードを渡した。

「確かにレベルの表示がーーーになっているな。キャサリン、魔道具に不具合はなかったんだろ?」

「ありませんでした。考えられる可能性は二人のレベルが2桁《けた》を超えて3桁になっているためかと思います」

レベルが3桁⁉　100超えってことか。

キャサリンさんが説明をしてくれる。

「ギルドカードの魔道具はレベル表示は2桁までなんです。通常はそれで充分ですから」

俺たちって通常じゃないってことか。確かにレベル50で伝説って言われているからな。

「今からレベル表示が3桁まで対応できるギルドカードを作成してみます。1鐘《かね》ほど時間がかかりますのでお待ちください」

キャサリンさんは事務的に話すだけ話すとギルド長室を後にした。

「ジョージ、あ、ジョージ伯爵だったな。最後に確認したレベルはいくつだった?」

「6月1日にレベル65でしたかね」

「レベルが65⁉　そりゃ本当か！　それにしてもまだそれから1カ月経ってないぞ」

「6月1日から二人でオーガを9500体以上倒しました。あとは今日、ドラゴンを倒してきました」

「⁉　お前らは化け物か！　どうやったら1カ月弱でオーガを1万体近く倒せるんだ！　それにドラゴンを倒したのか！」

「先程、ドラゴンの魔石は帝室に献上してきました。すぐに情報が入ってくると思いますよ」

「それならレベル3桁もおかしくないかもな」

ギルド長に呆《あき》れ顔をされてしまった。ドラゴン討伐の詳細《しょうさい》を話していたらキャサリンが戻ってきた。

「こちらが新しいギルドカードです。データを移しますので今までのギルドカードを貸してください」

そう言ってキャサリンは見たことのない魔道具に新しいカードと今までのカードを差し込んだ。

「これでデータを移しました。レベル表示を確認してみてください」

新しいギルドカードのレベル表記にはレベル125の文字があった。

「しっかりとレベル表示されています。ありがとうございました」

続いてスミレさんもデータを移し替えて新しいギルドカードにしてもらった。相変わらずスミレさんはレベルを教えてくれない。

部屋を出る時にギルド長から声をかけられた。

「レベルは大切な個人情報だ。冒険者ギルドがそれを公表することはない。だがお前ら二人のレベルが3桁になっていることは知られる可能性が高いと思ってくれ。流石に隠し切れん。それとドラゴン討伐は偉業として認められると思う。ギルドランクが上がると思っておいてくれ」

「了解しました。それでは失礼します」

まぁレベル表示が｜｜｜になるなんておかしいもんね。誰かがレベルが3桁になっていると気がつくわな。


冒険者ギルドを出て魔導団本部に行く。団長室をノックして応答を待って入室をする。

「あら、貴方たちはドラゴン討伐に向けて追い込みをかけているところじゃないの？　こんな所に来ていて大丈夫かしら？」

「それの報告に来ました。今朝、試練のダンジョンの地下4階に行き、ドラゴン討伐に成功致しました。ドラゴンの魔石は帝室に献上してきました」

目を見開くサイファ団長。

「あららら、それは急な話ね。貴方たちなら間違いなくドラゴン討伐指令を遂行《すいこう》するとは思っていたけど、ギリギリで挑戦すると思っていたわ」

「上手《うま》くいかないようだったら逃げる予定でしたから。何回か挑戦することも考えていました」

「そっか、そのほうが安全かもね。でも良かったわ。ドラゴン討伐を成功させるとは思っていたけど、やっぱり心配だったから。まずは本当におめでとう。またお疲れ様。そうね。今週は二人とも休みにしなさい。結構無茶なレベル上げをしていたみたいだからね。仕事は来週からにしましょう」

サイファ団長は優しい顔をしてそう言ってくれた。

「ありがとうございます。せっかくなのでお言葉に甘えたいと思います。体力的には大丈夫でしたが気力的にはギリギリの状態でしたから」

これでサイファ団長への報告が終わった。

スミレさんとは午後の5鐘に待ち合わせの約束をして別れた。今日の待ち合わせ場所は帝国中央公園の噴水《ふんすい》の前にしてもらった。

そこでスミレさんに告白しよう。フラれたら、その時はその時だ。悲しいけれど、打ち上げを楽しもう。まずは散髪だ。

宿舎に帰り、リンさんとリンさんのお姉さんに選んでもらった洋服に着替える。腕にはいつも着けているスミレさんとのお揃いのブレスレット。早めに宿舎を出てお花屋さんに寄る。予約しておいた菫《すみれ》の花束を購入した。ブーケの大きさだ。これならもらっても邪魔にならないだろう。

約束の5鐘より1鐘前に帝国中央公園の噴水前に着いた。スミレさんの後に着いたら様《さま》にならないからな。魔力ソナーにより、現在スミレさんはノースコートの屋敷にいる。ここからでもスミレさんの静謐で清らかな魔力を感じることができる。

これだけでも充分幸せなんだ。俺みたいな奴《やつ》が、これ以上の幸せを求めるのは烏滸《おこ》がましい考えなのかなぁ。

少し怖気《おじけ》づいてきたのか、弱気の虫が騒いでいる。俺はドラゴン討伐者《スレイヤー》だぞ！　こんなのドラゴンより怖いはずがないじゃないか。心を落ち着かせる方法は……。

えっと……。

俺はスミレさんの魔力を全力で感じることにした。

午後の4鐘半になりスミレさんの魔力が移動を開始した。俺の心臓がトクンと跳《は》ねる。

告白するのが怖い。スミレさんとの今の関係が壊れてしまうかもしれない。今のままで良いじゃないか。心の中でそう囁《ささや》く自分がいる。

高望み過ぎるぞ。現実を教える声が聞こえる。やはり告白は中止にするべきか。

いや…。違う。そうじゃない！

俺はスミレさんとだから温かい家庭を作りたいんだ！　そう意志だ。強い意志が大事だ！

少し暴走気味と自覚しつつも、それくらいじゃないとこの人生の一大イベントは成就《じょうじゅ》しない！

その時、俺の視界にスミレさんが見えてきた。今日のスミレさんは赤色のワンピースを着ていた。スミレさんの白い肌《はだ》が鮮やかに映《は》える。ポニーテールを下ろした髪は、いつもより大人の雰囲気《ふんいき》を醸《かも》し出している。スミレさんの美しさに圧倒される。

綺麗《きれい》だ。

俺はドラゴンより強敵な魔物に遭遇《そうぐう》したような気がした。

「もう待っていたのか。随分《ずいぶん》と早いな」

スミレさんは笑顔を見せてくれる。

「あのこれを……」

俺は菫の花束を渡した。スミレさんの顔が綻《ほころ》んだ。

「ありがとう。花をプレゼントされたのは生まれて初めてだ。とても嬉《うれ》しいものなんだな。それが私の名前の菫の花束なんて。一生の思い出になるよ」

満面の笑みを見せてくれるスミレさんに俺は暴走した。

「スミレさん！　俺がドラゴン討伐の後に伝えたいことがあると言ったのを覚えていますか！　今それを伝えたいと思います！」

少し焦《あせ》った様子を見せるスミレさん。

構うものか！　このまま突っ切ってやる！

「スミレさん。貴女《あなた》にずっと憧《あこが》れていました。遠くで見ているだけで俺は幸せでした。しかし

この3カ月でもっと幸せになりたいと思ってしまいました」

喉《のど》がカラカラだ。唾《つば》を一つ飲み込んで言葉を続ける。

「貴女を好きになりました。貴女を俺が幸せにしたいです。いや、何があろうと幸せにしてみせます。オーガだろうがドラゴンだろうがサイクロプスだろうが貴女のためなら倒してみせます。どうか俺と温かい家庭を作ってほしい。そして一緒に人生を歩んでほしい。どうかこの想いを受け止めてくれませんか」

俺は右手をスミレさんの前に差し出した。

俺は真剣な顔でスミレさんから目を逸《そ》らさない。スミレさんは若干《じやつかん》の躊躇《ちゆうちよ》の後に顔を赤くし、おずおずと俺の右手を取ってくれた。

えっ！　まさかの告白成功か！

本当なのか！

勝算がなかったわけではない。でも、それでも今の結果が信じられなかった。あの気高い魔力のスミレさんが俺の告白を受け止めてくれたのだ。

これは俺にとって、ドラゴン討伐者《スレイヤー》の称号《しようごう》を得ることより凄いことだ。

赤い顔のまま俺を見つめるスミレさん。

「ドラゴン討伐後にジョージ君に告白されるだろうなと、何となく感じていた。本当は断るつもりだったんだ。だけど今の情熱的な告白に抗《あらが》える女性などいないよ。素敵《すてき》な告白だった。

『何があろうと幸せにしてみせます』。この言葉を信用して私はジョージ君の告白を受け止めることに決めたよ。私もジョージ君が好きだ。こちらこそどうかよろしくお願いします。私もジョージ君を幸せにしてみせるよ」

やっぱり告白成功だったんだ！　俺は無意識にスミレさんを引き寄せ抱きしめていた。首筋から香るスミレさんの匂《にお》い。なんて幸福な匂いなんだ。スミレさんも俺の背中に手を回して受け入れてくれていた。

俺たちは周囲の人たちが注目していることに気づくまで抱き合っていた。

俺とスミレさんは手を繋《つな》ぎながら、いつもの飲食店に向かった。あれからいろいろと帝都の飲食店を調べたが、やはりここの飲食店が帝都一だった。とても美味《おい》しいもんな。

いつも通り個室に案内された。店員は俺がスミレさんにプレゼントした菫の花束を見て、テーブルに花瓶《かびん》を用意してくれる。華《はな》やかなテーブルに早変わりだ。流石、高級飲食店の店員は気が利《き》くな。

まずはシャンパンでお祝いする。

「ドラゴン討伐の成功とこれからの俺とスミレさんの未来に幸せがあることを願って乾杯《かんぱい》！」

シャンパングラスを軽く合わせて飲み干した。俺は今日という日を一生忘れない。6月25日は記念日に昇格だ。

流石に今日はいくらでも飲みたい気分だ。でもしっかりとスミレさんをエスコートしたい。お酒は控《ひか》え目にしておこう。

「今日はスミレさん、いくらでも酔っ払ってくれても良いですよ。俺が責任を持って送っていきますから」

「それならジョージ君がいっぱい飲みなよ。私が介抱《かいほう》してあげるから。ドラゴン討伐指令を受けてからずっと気を張っていただろう」

「せっかくスミレさんに俺の告白を受け入れてもらったのに、いきなり前後不覚になって幻滅《げんめつ》されたくありませんから」

「わかった。それならジョージ君に甘えさせてもらうよ。でも酔っ払った私を見て幻滅をしないと約束してくれよ」

食事が運ばれてきてスミレさんとの会話が弾《はず》んできた。アルコールでほんのり頬《ほお》が赤くなっているスミレさんが真剣な顔をする。

「実は私が告白を断ろうと思っていたのは、ノースコート侯爵家がジョージ君を取り込もうと画策《かくさく》すると思って。どうしても私はノースコート侯爵家の娘だ。その娘と結婚するとなると侵略戦争推進《すいしん》派と思われる可能性が高い。侵略戦争推進派の力が増す可能性がある。またノースコート侯爵家は戦功と戦争奴隷《どれい》が欲しいから、侵略戦争に喜んで参戦する。ノースコート侯爵家は君に助力を願うだろう。その時に断れるかわからなくてね」

家の都合か。貴族のバランスの取り方はわからないや。

「ジョージ君との結婚について、ノースコート侯爵家は反対しないだろう。いや、むしろ大賛成のはずだ。ジョージ君はドラゴン討伐の英雄になるからな」

「スミレさんだって同じじゃないですか」

「戦争になった時の汎用性《はんよう》が違い過ぎる。ジョージ君一人で一個師団を全滅させることができる可能性がある」

一個師団って1万人くらいか。それくらいならアイシクルアローの乱れ打ちで何とかなるかも。でもそれをやると大量殺戮者《さつりくしゃ》だな。

「それにジョージ君は城攻めにも対応可能だしな」

確かに修練場の魔法射撃場を出禁になるくらいの威力《いりょく》だもんな。

「私は近距離戦に特化している。多人数を相手にすると明確に殲滅《せんめつ》力が違うんだよ」

なるほど。俺がどれだけ戦争に向いているのかがわかってきた。今までの多人数との戦闘はモンスターハウスのオーガ20体前後だけだからな。

「ノースコート侯爵家や侵略戦争推進派のことを考えるとジョージ君の告白を受け入れるにはリスクが大きいと思っていたんだ」

スミレさんはワインを一口飲んで潤《うる》んだ瞳《ひとみ》を俺に向ける。

「でもそんな心配事は吹っ飛んだよ。『何があろうと幸せにしてみせます』。この言葉が胸に刺さった。午前中のドラゴン討伐でもジョージ君は逃げずに立ち向かった。全身氷の矢が突き刺さったドラゴンは圧巻《あっかん》だったな。君ならどんなことからも逃げずに立ち向かい、全てを蹴散《けち》らせてくれるとわかったんだ」

スミレさんの口はアルコールで滑《なめ》らかになっているようだ。

「もう、スミレさんっていうのを止《や》めてくれないか？　スミレって呼ばれたいな。私もジョージ君は止める。何が良いかな。やっぱりジョージかな？　おかしかったら変更すれば良いか」

「わかったよ。恥《は》ずかしいけれどスミレって呼ぶことにするよ」

楽しそうに会話していたスミレが急に沈んだ顔になった。

「もう一つ懸念《けねん》事項があってな。ジョージの不老についてだ。今、私はできる限り魔力ソナーの訓練を実施している。以前より断然、魔力制御の精度が上がっている。だけど流石に君のレベルまでになるのは厳しいとしか言えない。老いを遅らせることはできるかもしれないが不老まではなれそうにない。私が先に歳《とし》を取った時にジョージに捨てられないかと考えてしまって」

同じ時間軸で過ごせないってことだ。以前、サイファ団長にも言われたな。

「俺はスミレを生涯《しょうがい》愛します。老いは関係ありません。俺はスミレの静謐で清らかな心に惚《ほ》れました。スミレの考えに共鳴しました。未来がどうなるかわかりませんが、俺がスミレを愛することを受け入れてください。スミレが泣くようなことはしませんから」

スミレさんの瞳から涙が溢《あふ》れた。

「ジョージの言葉は心に刺さるな。嬉しくて涙が出てしまうよ。私の人生で帝国中央公園の噴水の前で君の手を取った選択は最高の行為だったよ」

「俺は早速約束を破ってしまったのかな？　嬉し涙は許してくださいね。これからも幻滅させないように頑張りますよ」

俺は席を立ってスミレに近づき、ハンカチを出した。そしてスミレの涙を拭《ふ》く。

涙目で俺を見つめるスミレ。

その翠《みどり》色の瞳に吸い込まれるように唇《くちびる》を重ね合わせた。

俺のファーストキスはスミレの涙のためか少ししょっぱかった。

終章　英雄の誕生（ベルク宰相視点）

今年の3月、私の宰相《さいしょう》執務室に帝都の東に新ダンジョンが発見されたとの一報が入った。私はすぐにエクス帝国騎士団に調査を命じる。

次の日に私の許《もと》に続報が届く。新ダンジョンは特殊なダンジョンで同時に二人までしか入れないそうだ。サイファ魔導団長とゾロン騎士団長に継続調査を指示して私は執務に戻った。

◆◇◆◇◆◇◆◇◆◇

東の新ダンジョンの調査報告が上がってきた。何と地下3階にオーガが出現するとのこと。ダンジョンの深層に出没するオーガ。それがそんな低層に現れるダンジョンがあるなんて。さすがに騎士団でも、二人でオーガと連戦は厳しい。

これ以上の調査は断念するほかないだろうと私は思ったが、報告には続きがあった。なんと索敵《さくてき》要員の魔導師がオーガを瞬殺して、連戦しているという。

聞いた瞬間、理解できなかった。どうして魔導師がオーガを瞬殺できる？　しかもオーガと連戦しているとは……。

その魔導師の名前を尋《たず》ねるとエクス帝国魔導団第三隊のジョージ・モンゴリと答えられた。

◆◇◆◇◆◇◆◇◆◇

ここ数日は、東の新ダンジョンの地下3階での騎士団と魔導団の実力の底上げについて検討している。そこに驚くべき報告がサイファ魔導団長から上がってきた。

ジョージ・モンゴリが体内魔法の身体能力向上と体外魔法の攻撃魔法を併用ができると。私はサイファ魔導団長にジョージ・モンゴリの戦闘能力について確認をする。

「ジョージ・モンゴリは現在25本のファイアアローを精微《せいび》なコントロールで使いこなします。対人戦では無類の強さを誇るでしょう。また多人数にも対応できます。他を寄せつけない魔力制御《せいぎょ》に加え、ダンジョンでのレベルアップにより、スピード、コントロール、パワーと三拍子揃《そろ》った稀有《けう》な魔導師になっております」

そこまでの戦闘能力か⁉

「斥候《せっこう》としてもトップレベル。敵への殲滅《せんめつ》力も凄《すご》いでしょう。ジョージ・モンゴリの戦闘能力は国として抱え込まないといけないものと考えております」

英雄の誕生なのか!? もしかしたらこの大陸を統一する人物になるかもしれない。

「また、これは一部のエルフの中で言われているのですが魔力制御が優《すぐ》れていると不老に近づくと。ジョージ・モンゴリは私より魔力制御に優れております。既《すで》に不老の域に達している可能性があります」

そんな化け物が不老だと!? ジョージ・モンゴリの性格が悪辣《あくらつ》だったなら、暗黒時代に入ってしまうかもしれない。私はエクス帝国の宰相として決断をしなければならないかもしれない。

これは早めに殺すか?

「サイファ団長。ジョージ・モンゴリの家族構成と性格を教えていただけませんか?」

「家族構成は母親と妹が失踪《しっそう》、父親は学生時代に亡くなっています。現在は天涯孤独《てんがいこどく》ですね。性格は品行方正というより、人畜無害《じんちくむがい》という言葉が合うかと思います」

英雄になれるほどの人物が人畜無害!? 宰相になって何年も経《た》つが、そんな奴《やつ》は見たことがないぞ。

それならば殺すより帝国に取り込むのが最善か。私は急ぎジョージ・モンゴリについて詳《くわ》しく調べさせた。私は、その後数日間、宰相執務室で頭を悩ませた。

◆◇◆◇◆◇◆◇◆◇

またまた東の新ダンジョンの続報が届けられた。ジョージ・モンゴリが地下4階で強力な魔力反応を感じたそうだ。ジョージ・モンゴリは実際に魔物を見ていないのにもかかわらず、地下4階の調査の中止を進言している。

地下4階の調査を命じた場合、ジョージ・モンゴリが魔導団を辞める可能性があるとのこと。緊急に陛下《へいか》を入れての会合を開かせた。

地下4階の調査を望んでいるのはカイト皇太子殿下《でんか》とゾロン騎士団長。慎重派は私とサイファ魔導団長。陛下は中立だった。

会合の結果は、結局ジョージ・モンゴリの意向を聞いて決めることになった。新ダンジョンが見つかってから、事態が急展開で動いている。

◆◇◆◇◆◇◆◇◆◇

初めてジョージ・モンゴリを見たのはエクス城の会議室だった。

黒い髪色に黒い瞳《ひとみ》。少し髪がボサついているが、変わり者が多い魔導団の中では整っている雰囲気《ふんいき》だ。

私が調べたジョージ・モンゴリの性格は大人しくて人畜無害だった。しかし椅子《いす》に腰かけているジョージ・モンゴリにはどこか腹が据《す》わっている印象を受ける。私は気を引き締め直した。

私の発言から会議が始まる。まずは現状の説明をした。

カイト皇太子の挑発にジョージ・モンゴリが応戦する。結構、辛辣《しんらつ》な言葉が出ている。聞いているこちらがヒヤヒヤしてしまう。

ザラス皇帝陛下の仲裁《ちゅうさい》で地下4階の調査は中止となり、地下3階で騎士団と魔導団の実力の底上げをすることになった。

会合が終わりそうになった時、私は待ったをかけた。今日の会合はこれからが本番だ。

「もう一つ考えてほしいことがあります。それはジョージ・モンゴリの処遇についてです。ジョージさんの魔力制御はエルフを超えるものです。そのせいか体内魔法と体外魔法を併用することができます。これは身体能力向上をしながら攻撃魔法が使えるということです。現在は近接戦闘もそつなくこなすようになっています。弱点のない魔導師です。また類《たぐ》い稀《まれ》な魔力制御により20本を超えるファイアアローを相手の弱点にピンポイントで狙《ねら》い撃ちできます。近接戦闘、遠距離戦闘、多人数との戦闘と穴がありません。また他の追随《ついずい》を許さない魔力ソナーで斥候も得意でしょう」

話しながらジョージさんを見ると何か居心地が悪そうな感じになっている。褒《ほ》められ慣れていないのかもしれないな。

「あとこれは確定ではありませんがエルフでは魔力制御が優れているものは不老になると言われています。もしかしたらジョージさんはエルフ並みの寿命《じゅみょう》、所謂《いわゆる》不老になっている可能性があります。これだけの人材を魔導団第三隊所属というのではジョージさんに我が帝国を見限られる可能性があります」

先程ジョージさんと言い争っていたカイト皇太子が不機嫌そうな声を上げる。

「ベルク宰相は何が言いたいんだ？」

こいつは頭が悪いのか。これだから侵略戦争推進《すいしん》派は困る。

「私の提案としては、まずは魔導団での地位向上。魔導団第一隊に所属してもらって特別チームのリーダーになってもらいます。業務内容は魔導団と騎士団を東の新ダンジョンの地下３階に連れて行くことです。いつまでも第三隊ってわけにはいかないでしょう」

話はまだこれからだ。私はお茶で喉《のど》を湿らせた。

「もう一つは陞爵《しょうしゃく》です。ジョージさんは魔導団に入団したことにより魔導爵になっております。今後もエクス帝国で力を発揮《はっき》してもらうためにできれば伯爵、最低でも子爵にと思っています」

私の予想通りカイト皇太子が怒鳴り出す。

「ベルク宰相、お前は正気か！　コイツはもともと平民だぞ！　それを歴史あるエクス帝国の伯爵だと！　寝言は寝てから言え！」

これくらいの言葉は想定内だ。努めて冷静な声で反論する。

「もともと爵位とは功があったものに与えられるものです。古い家系に敬意は払いますが、ジヨージさんの能力は伯爵になったとしても足りないくらいです。他の国への抑止力が抜群《ばつぐん》ですから。ロード王国なら伯爵、あるいは侯爵にするかもしれませんよ。ジョージさんがエクス帝国を見限ってからでは遅いのです。はっきり言いますが、貴方《あなた》は皇太子としての自覚があるのですか？　これだけ有能な人材の気分を害することばかり言っておられる。このままでは廃《はい》嫡《ちゃく》の未来しか見えませんよ」

さすがにここまで言うとザラス皇帝陛下が間に入ってくれた。結局、ジョージさんはザラス皇帝陛下に忠誠を誓《ちか》う形で伯爵に陞爵が決まった。

カイト皇太子といろいろあったが、これでジョージさんのエクス帝国への取り込みが最低限できて私はホッとした。

◆◇◆◇◆◇◆◇◆◇

東の新ダンジョンが修練のダンジョンに名称が変更になった。これでエクス帝国騎士団と魔導団の実力の底上げができるようになる。

ジョージさんが冒険者ギルドで流布《るふ》されている噂《うわさ》を拾ってきた。修練のダンジョンは実入りの良いダンジョンだから国が独占しようとしているって噂になっているそうだ。それへの対応として一般の冒険者に修練のダンジョンを限定的に開放することにした。

馬鹿《ばか》な冒険者もいるもんだ。修練のダンジョンの地下4階まで潜った冒険者が出た。そしてドラゴンの目撃情報がもたらされる。

地下4階の魔物がドラゴンだと話が変わってくる。ドラゴン討伐者《スレイヤー》がいる軍隊に攻め込む国があるだろうか？　それだけドラゴン討伐者《スレイヤー》の称号《しょうごう》は大きい。

◆◇◆◇◆◇◆◇◆◇

早速《さっそく》、サイファ魔導団長をエクス城に呼び出す。

「サイファ団長、率直《そっちょく》に聞きたい。ジョージさんはドラゴン討伐《とうばつ》ができる人材か？」

「ドラゴンを討伐できる可能性は相当高いと思います。それほどジョージ君の魔力制御は凄いです。危険性はありますが、ジョージ君のドラゴン討伐には賛成します」

私はその言葉で踏ん切りがついた。私はザラス皇帝陛下に上奏《じょうそう》し、ジョージさんの陞爵の後、ドラゴン討伐の指令が発動された。

◆◇◆◇◆◇◆◇◆◇

執務室で書類仕事をしているとジョージ・グラコート伯爵がドラゴン討伐指令の達成報告の

ために城に来ているという。直径150セチルもある魔石を運んできているそうだ。慌《あわ》てて謁《えっ》見《けん》室に入る。

ザラス・エクス陛下とカイト殿下も駆け込んできた。その他にも手の空《あ》いていた高官が見に来ていた。

謁見の間の扉が開く。ジョージさんが持っているドラゴンの魔石を見て、私は驚嘆《きょうたん》の声を上げた。

それはまさに英雄の誕生をこの目で確認した瞬間だった。

あとがき

この度は私の小説を読んでいただきありがとうございました。

この小説は私が「小説家になろう」に投稿した三番目の作品になります。

ガムシャラに書いた一作目の【蒼炎の魔術師】。まったく人気の出なかった二作目の【月光の狐】。完結近くまで書いたのにボツにした葉《は》暮《ぐれ》銀《ぎん》幻の作品の【世界征服のお手伝い】。

その頃、小説を書き始めてちょうど半年が経《た》っていました。

そしてゆっくり腰を据《す》えて書いたのが本作です。

実は投稿開始時、タイトルが違いました。

【ある帝国魔導団第三隊員の恋愛事情】

これがこの小説の一番初めのタイトルです。この小説のメインテーマは恋愛になります。

「小説家になろう」では人気ジャンルの異世界恋愛がありますが、この小説には、所謂《いわゆる》〝ざまぁ〟も〝甘々の恋愛〟もありません。（話の流れで書く時があるかもしれませんが、意識して書こうとはしていません）

二十歳《はたち》前後の男性の等身大の恋愛を意識して書いています。

誠に申し訳ございませんが「こんなの恋愛小説じゃねぇ！」と怒らないようにお願い致します。

また今回、書籍化するにあたりとても楽しい経験ができました。

自費出版じゃなく、自分の小説が本になるなんて……。改めて考えると幸せなことですね。


あとがきではありますが、お礼を言わせてください。

一番お世話になった集英社ダッシュエックス文庫編集部の担当編集者のHさん。

このあとがきを依頼されたHさんのメール文の「ある程度の常識の範囲内でお願いできればと」に笑ってしまいました。

【俺の常識、社会の非常識】が私の座右《ざゆう》の銘《めい》ですが、今回は社会の常識に合わせせました。

またイラストを描いていただいた、いずみけい様。

本当に素敵《すてき》なイラストをありがとうございました。特にベルク宰相《さいしょう》のイラストがお気に入りです。渋さがたまりません。

そして第3回集英社WEB小説大賞奨励賞に選出していただきありがとうございました。集英社WEB小説大賞に携《たずさ》わった皆様に感謝いたします。

また「小説家になろう」で、私の作品を読んでくれて励《はげ》ましてくれた読者様。本当に勇気づけられています。

この作品の主人公のモデルのO．J．君もありがとうございます。

最後に、このように私が小説を書けるようになったのは、読書がとても好きだったからです。読書を通して私の人生はとても豊かになりました。そして執筆を通して、多くの読者様と繋《つな》がることができました。

私に読書の楽しみを教えてくれた親父に最大の感謝をさせていただきます。

それでは第2巻で再会できることを願って筆を擱《お》かせていただきます。

葉暮銀

この作品の感想をお寄せください。

あて先　〒101-8050　東京都千代田区一ツ橋2-5-10
集英社　ダッシュエックス文庫編集部　気付
葉暮銀先生　いずみけい先生

ダッシュエックス文庫

ジョージは魔法の使い方を間違っていた!?
～ダンジョン調査から始まる波乱万丈の人生～

葉暮銀

2023年9月27日　第1刷発行

★定価はカバーに表示してあります

発行者　瓶子吉久
発行所　株式会社　集英社
〒101−8050　東京都千代田区一ツ橋2−5−10
03(3230)6229(編集)
03(3230)6393(販売／書店専用) 03(3230)6080(読者係)
印刷所　凸版印刷株式会社
編集協力　法貴仁敬(RCE)

ISBN978-4-08-631522-7 C0193

【第1回集英社WEB小説大賞・大賞】
社畜ですが、種族進化して最強へと至ります
力水《りきすい》
イラスト／かる

社畜ですが、種族進化して最強へと至ります2
力水《りきすい》
イラスト／かる

社畜ですが、種族進化して最強へと至ります3
力水《りきすい》
イラスト／かる

【第1回集英社WEB小説大賞・大賞】
『ショップ』スキルさえあれば、ダンジョン化した世界でも楽勝だ
～迫害された少年の最強ざまぁライフ～
十本スイ
イラスト／夜ノみつき

自他ともに認める社畜が家の庭にできたダンジョンで淡々と冒険をこなしていくうちに、気づけば最強への階段をのぼっていた…!?

今度は会社の同僚が借金苦に!? 偽造系の能力で人を騙す関東最大勢力の獄門会に襲撃を宣言し、決戦までの修行の日々がはじまる!!

何者かの陰謀で秋人が殺人犯に仕立て上げられた。鬼沼はボスを取り戻すべく『烏丸和葉ネットアイドル化計画』の妙案を発動する!

日用品から可愛い使い魔、非現実的なアイテムも『ショップ』スキルがあれば思い通り! 最強で自由きままな、冒険が始まる!!

『ショップ』スキルさえあれば、ダンジョン化した世界でも楽勝だ2
～迫害された少年の最強ざまぁライフ～

十本スイ
イラスト／夜ノみつき

悪逆非道な同級生との因縁に決着をつけ、本格的に金稼ぎ開始！　武器商人となり『ダンジョン化』する混沌とした世界を征く！

『ショップ』スキルさえあれば、ダンジョン化した世界でも楽勝だ3
～迫害された少年の最強ざまぁライフ～

十本スイ
イラスト／夜ノみつき

ダンジョン化し混沌と極める世界で、今度は袴姿の美女に変身!?　ダンジョン攻略請負人として、依頼をこなして話題になっていく!!

『ショップ』スキルさえあれば、ダンジョン化した世界でも楽勝だ4
～迫害された少年の最強ざまぁライフ～

十本スイ
イラスト／夜ノみつき

理想のスローライフを目指して無人島の開拓を開始。そこへ異世界から一緒に来た弟を探しているという美少女エルフがやってきて…。

【第1回集英社WEB小説大賞・金賞】
不屈の冒険魂
雑用積み上げ最強へ。超エリート神官道

漂鳥《ひょうちょう》
イラスト／刀彼方

大人気ゲームで選んだ職業「神官」は戦闘力も稼ぎもイマイチで超地味な不遇職!?　でも不屈の心で雑用を続けると、驚きの展開に！

【第1回集英社WEB小説大賞・銀賞】
影使いの最強暗殺者
～勇者パーティを追放されたあと、人里離れた森で魔物狩りしてたら、なぜか村人達の守り神になっていた～
茨木野
イラスト／鈴穂ほたる

影使いの最強暗殺者2
～勇者パーティを追放されたあと、人里離れた森で魔物狩りしてたら、なぜか村人達の守り神になっていた～
茨木野
イラスト／鈴穂ほたる

【第1回集英社WEB小説大賞・奨励賞】
レベルリセット
～ゴミスキルだと勘違いしたけれど実はとんでもないチートスキルだった～
雷舞蛇尾
イラスト／さかなへん

レベルリセット2
～ゴミスキルだと勘違いしたけれど実はとんでもないチートスキルだった～
雷舞蛇尾
イラスト／さかなへん

村人たちが崇める森の守り神の正体は、傷つき孤独に暮らす影使いの少年!? 人類最強の力で悪をなぎ倒す、異世界ハーレム物語！

十二支の一人を倒したことでその名を轟かせたヒカゲに、新たな魔神が目をつけた。襲い来る刺客には、悪にそそのかされた実兄が!?

神童と呼ばれた少年が獲得したスキルは、毎日レベルが1に戻る異質なもの!? だがある可能性に気付いた少年は、大逆転を起こす!!

新たなスキルクリスタルと愛馬の解呪を求めて、スカーレットと風崖都市を目指すラグナス。そこで彼を待っていたものとは一体…!?